Moishele e a roseira sem flor

Maurício Wrots

MOISHELE E A ROSEIRA SEM FLOR

1ª Edição
POD

KBR
Petrópolis
2015

Coordenação editorial **Noga Sklar**
Editoração **KBR**
Capa **KBR baseada em foto de Larence Shustak, 1960
(detalhe)**

ISBN: 978-85-8180-347-0

KBR Editora Digital Ltda.
www.kbrdigital.com.br
www.facebook.com/kbrdigital
atendimento@kbrdigital.com.br
55|21|3942.4440

FIC027000 - Romance

Mauricio Wrots vive no Rio de Janeiro. Começou sua carreira de jornalista no *Pasquim*, jornal de humor que se destacou criticando o regime militar. Na TV Globo foi redator do programa "Satiricom", também de caráter humorístico. Na TV Educativa do Rio de Janeiro criou e coordenou o programa "Tribunal da História". É autor do livro de contos e crônicas *A relatividade da infidelidade*. Com *Moishele e a roseira sem flor*, seu primeiro romance publicado pela KBR, vai ao encontro de suas raízes judaicas.

Email do autor: wrots@uol.com.br

Sumário

1. SALVO DAS ÁGUAS

Corria o ano de 1938, quinto da Era Hitler. Meados de maio. A negra Vicentina, completamente alheia à longínqua erupção nazista, que em breve iria indiretamente modificar sua vida, desabafava com o pai de santo.

Sempre fora empregada doméstica, mas depois que "pegou barriga" foi mandada embora, e encostou-se no barraco da Zenilda até poder trabalhar novamente.

Foi ficando. Seu menino já ia completar um ano, e Tião, companheiro da amiga, começou a pressionar: já tinham feito caridade demais, era hora dela ir embora, tinha de se virar, arranjar logo outro emprego.

Uma criança no colo, porém, reduzia drasticamente suas chances. Um dos horrores das patroas é filho de empregada, tanto os que chegam com a mãe como os que aparecem depois; choradeira, xixi e cocô roubam a atenção do serviço e perturbam o sossego. Vicentina chegou a ter inveja da avó, que tinha casa e comida na escravidão, há cinquenta anos. Mas não teve jeito.

Primeiro, procurou por perto. Nada. Nem mesmo numa casa onde havia a placa "Precisa-se de Empregada".

"Não! Com filho, não!", era o que ouvia em todas as portas.

Sem um teto, com uma trouxa de roupas nas costas e o

pequeno dependurado, o que poderia fazer? Não ia "jogar ele fora", como muita gente deu ideia; nem o deixaria num desses asilos, que são quase a mesma coisa.

O pai de santo escutava. Mas escutava mesmo? Parecia adormecido.

Finalmente, abriu os olhos avermelhados pela fumaça do charuto e falou:

— Minha fia, ocê deve di procurá uma casa que tem uma rozera sem frô no jardim; e leva o mininu... leva o mininu... ocê tem vidença! — apenas isso.

Ela tentou arrancar mais alguma coisa. Não deu, ele já tinha desfeito o contato com a entidade, só ficou aquela curta mensagem, "procurar uma casa que tivesse uma roseira sem flor". Mas onde? O que era uma roseira, Vicentina sabia, "aquela planta que dá flores bonitas e tem muito espinho". *Esquisito é que ele mandou levar o menino comigo, falou isso duas vezes*, pensou. Ela estranhou, mas não ia duvidar do preto-velho que falava pela boca do pai de santo.

Foi aconselhada a procurar na Tijuca ou no Grajaú, bairros de gente rica que morava em casa de dois andares, famílias que estavam sempre precisando de cozinheira, faxineira, para todo o serviço. Não sendo bem-sucedida na Tijuca, onde não encontrou a roseira sem flor, no dia seguinte pegou o bonde para o Grajaú, levando a marmita dela e a mamadeira do filho.

De quando em quando se sentava no meio-fio e lanchavam. Em seguida, saía perguntando de casa em casa: "Tá precisando de empregada?" A resposta não variava, um olhar enviesado de cima para baixo no colo dela, uma cara azeda e um "não!", às vezes sequer verbalizado. Tinha percorrido inutilmente tantas ruas naquele dia que não sabia se ia voltar lá. Cansada, foi desanimando de procurar a tal "roseira sem flor".

Até apareceu gente pedindo o menino. "Não dou! De repente nunca mais vou ver ele". Dava para suportar um pouco mais a carranca do Tião. Juntou forças e prosseguiu, teimosa, na caminhada que deveria levá-la à roseira misteriosa.

Foi um grande e belo jardim que mais lhe chamou a atenção, havia tantas roseiras... mas todas exuberantemente floridas. Nessa casa nem devia perder tempo, mas as rosas eram tão bonitas... brancas, amarelas, vermelhas... Ficou fascinada. Quem dera trabalhar ali, regar todo dia aquelas maravilhas. *Pena*... não foi *dessa casa que o preto-velho falou, tem que ter uma "rozera sem frô".* Mas o que custava bater, só por bater? Tinha de se apressar, começava a chover. E bateu, bateu muitas palmas, mas a casa permaneceu muda.

Vicentina não se surpreendeu. Humilde, não se iludia, estava querendo demais, trabalhar num lugar tão bonito, com aquelas paredes brancas e as grandes janelas azuis... Não era para ela. Conformou-se com a silenciosa rejeição, não sabia que por uma fresta da janela alguém a observava, e fazia jogo de paciência para que a importuna fosse logo embora.

Faiga, a moradora, fazia sempre assim, deixava as criaturas insistirem até cansar. Sabia que vinham atrás de emprego, reconhecia logo: eram sempre negras, pobres, maltrapilhas. Aquela então, com criança no colo...

Caíam os primeiros pingos, cada vez mais fortes. Numa rua residencial, sem marquise, sem abrigo, um ralo arvoredo, não havia como se proteger. Se corresse não ia dar tempo, o menino ia se molhar todo. Começou então a chamar, agora pedindo socorro:

— Moça! Moça!

A chuva apertava, ela gritou "pelo amor de Deus!", percebeu que tinha gente na casa. Se não viesse ninguém, ia invadir, aquela ou outra qualquer, entrou em desespero, não podia deixar o filho se encharcar, pegar uma doença brava.

Súbito, porém, os grossos pingos pararam de cair em sua cabeça. Vicentina ergueu os olhos e viu que sobre ela pairava protetoramente um grande guarda-chuva. Um senhor alto, magro, muito claro, com um gorrinho preto no cocuruto, a olhava e sorria. Em seguida, abriu o portão de ferro e os fez entrar. Ela fitou os olhos dele e sentiu que podia confiar naquele homem; e pensou, sem imaginar a razão, que a casa podia ser aquela. Mas... e a roseira sem flor? Ali estavam todas tão floridas! Pôs dúvida: *Será que o pai de santo num se enganou? Foi mesmo uma 'rozera sem frô' que ele ouviu da entidade?*

O homem de *kipá*[1] era Mendel Rosenstrauch, judeu de Ostow, minúscula cidade da Polônia.

O olhar apreensivo de Faiga os acompanhou impotente até o fim da escadaria. Mendel acomodou Vicentina num sofá e pediu à esposa, que logo apareceu aparentando surpresa, alguma coisa para eles comerem. Faiga conhecia esses surtos de generosidade do marido, e estava certa de que, assim que a chuva passasse, a infeliz iria embora. Trouxe uma lauta refeição, amealhou tudo que tinha na geladeira: leite, bolo, suco de laranja, queijo, e até uma sobra do *guefilte fish*.[2] Também começou a preparar um embrulho com roupa e comida para a pobre levar. Achou que assim ele daria por bem cumprida sua *tsedaká*, dever de auxiliar os necessitados.

Mendel deixou Vicentina à vontade. Nada perguntava, e, silenciosamente, ajudava com os pratinhos e talheres. Faiga também, mas para que terminassem logo. A atenção do marido com terceiros a incomodava, e ao vê-lo dando de comer ao filho da negra entrou em pânico.

Tinha seus motivos.

---

1 Solidéu religioso judaico.
2 Bolinho de peixe moído.

2. MENDEL E FAIGA

Tinham se conhecido no navio que os trazia da Europa, na década de 1920. Casaram-se poucas semanas depois da chegada. Ourives, conhecedor do ramo de joias, Mendel teve mais sorte que a maioria dos patrícios sem profissão, ou simples alfaiates, que começavam a vida na então Capital da República vendendo cortes de tecido nos subúrbios da cidade. Em poucos anos, progrediu financeiramente e comprou uma casa no aristocrático bairro do Grajaú.

Não tinham filhos, e a esterilidade de Faiga, constatada por diversos médicos, tornou-a uma mulher amarga. Povoavam sua cabeça, alegoricamente, as ameaças da velha lei judaica que autoriza o repúdio de uma esposa incapaz de gerar, e no seu caso isso doía mais ainda, pois Mendel gostava muito de crianças.

Faiga não deixava transparecer sua frustração, ao contrário, agia como se nada faltasse sentimentalmente à relação conjugal, o que até era verdade. Mas costumava colocar à prova o afeto do marido. Sua insegurança era uma segunda natureza, mesclada a um compreensível sentimento de culpa: a mãe judia, a *iídiche mamma*, sempre fora um mito, exaltado até em famosa canção e alvo de carinhosas e folclóricas sátiras. Vigilante e possessiva, até a mulher ir embora com o garoto se sentiria ameaçada.

Vicentina permanecia quieta. Faminta, dividia seus gestos entre sua boca e a boquinha do filho. Mendel o pôs no colo e fez uma careta. O menino reagiu com estrepitosa gargalhada. Faiga, nervosa, foi à cozinha tomar água com açúcar. Podia apenas observar, travava uma batalha sem armas na mão. Naquela casa judaica, tacitamente, a autoridade não era da mulher, que não tinha força para fazer valer sua opinião; nem tentava, afinal, nem uma iídiche *mamma* ela era. Segurava as lágrimas sempre que comparecia a um *bris*[3] ou a um *bar-mitzvá*[4] de filhos dos outros. Reparava, então, na fisionomia do marido, e sabia o que nessa hora lhe passava pela cabeça: não veria jamais um *bris* ou *bar-mitzvá* de filho seu. A continuidade da família Rosenstrauch dependia de Yacov, irmão caçula, que imigrara da Polônia para a Alemanha. Recém-casado, tinha uma pequena joalheria em Berlim, dote do pai da noiva.

Ao voltar da cozinha, Faiga estremeceu com o que viu e deu a batalha por perdida. O menino já puxava a pequena barba do marido, que era, agora, quem ria muito. No momento em que a chuva virou barulhento aguaceiro, Mendel, eufórico, levantou bem alto a criança e exclamou:

— Moishele! Moishele!

Diante da perplexidade de sua mulher, acrescentou:

— Moishele![5] "Salvo das águas!" Imagina se ele fosse apanhado pelo temporal lá fora! Foi salvo, não por uma princesa egípcia, mas por um humilde judeu polonês, não por um flutuante cesto de palha, mas por meu velho guarda-chuva!

Vicentina, recomposta pelo lanche, falou pela primeira vez:

— Desculpe a trabalheira que eu tô dando, muito obrigada pela comida, assim que a chuva der uma estiada eu vou embora, pensei que aqui estivesse precisando de empregada, mas tô vendo tudo tão arrumado! — e olhou para Faiga: — A senhora deve de ter umas duas empregadas, meu pai de santo deve ter se enganado.

---

3 Circuncisão ritual.
4 Cerimônia de maioridade judaica masculina, aos treze anos de idade.
5 Diminutivo de Moisés.

— Pai de santo? — Mendel perguntou, curioso.

Com tantos anos de Brasil, tinha conhecido gente de todas as crenças. Estava acostumado com nosso sincretismo, ele mesmo um cabalista sem discriminações esotéricas. Quis saber o que dissera a Vicentina o oráculo da Umbanda, e ela contou:

— Eu procurei ele porque tô desesperada, não arranjo trabalho de jeito nenhum; as patroas me veem com uma criança no colo e nem respondem, algumas pessoas já me pediram o menino, mas eu não dou, não. Deus me livre! Nunca mais vou ver ele de novo! Aí, expliquei o caso pro pai de santo, ele deu umas chupadas no charuto, demorou um pouco e disse assim mesmo: "Minha fia, ocê deve di procurá uma casa que tem uma rozera sem frô no jardim". Foi por isso que eu vim bater aqui.

Faiga ganhou novo alento, e disse logo:

— Pois aqui não tem roseira sem flor, estão todas carregadas.

— A senhora tem toda razão, eu bati na casa errada.

Faiga respirou aliviada. A mulher prosseguiu:

— Mas quando vi aquelas roseiras todas, pensei: será que escutei direito o pai de santo? Será que ele não disse "uma roseira cheia de flor"? Burrice minha, foi a vontade de ficar num lugar desse, onde eu pudesse todo dia ver tanta beleza, que me fez ficar batendo palma um tempão na sua porta, até ser apanhada pela chuva, a senhora me desculpe.

Faiga achou que podia transformar uma derrota quase consumada numa inesperada vitória, e a incentivou, plena de estudada simpatia:

— Não desanime, você vai achar a casa certa, aquela que o moço disse pra você, a da roseira sem flor.

— Vou aproveitar que a chuva parou — disse a pobre mulher.

Faiga, pressurosamente, ajudou-a com as trouxas, mas evitou segurar a criança. Disse para o marido, em iídiche, que ela era uma *mishiguene in cop*, "doida da cabeça", com aquela história de roseira sem flor.

Mendel, porém, era um estudioso da Cabala. Ouviu

atentamente a história da infeliz, de sua inútil e extenuante peregrinação de porta em porta, e buscou interpretar as palavras do preto-velho incorporado pelo pai de santo. Depois de prolongada meditação, pegou entre as suas a mão de Vicentina e lhe disse, em tom suave:

— Não precisa mais procurar, a casa é esta!

Que razões teriam levado Mendel a acolher Vicentina? Não que estivessem precisando, tinham uma diarista que dava conta do recado. O casal, na verdade, nem gostava de gente fixa trabalhando, dormindo na casa, não se acostumavam com isso. *Por que teria Mendel agora aceitado Vicentina? E ainda por cima com um filho a tiracolo?* Faiga, desolada, achou que era por pena, coração mole. Ela mesma evitava o contato com crianças, algo que sempre desencadeava uma onda angustiante e incontrolável de sentimento materno represado. *E agora, como ia ser?*

Mendel guardou para si o verdadeiro motivo de sua decisão. Indivíduo místico, soube interpretar o significado daquela "roseira sem flor" que Vicentina não tinha encontrado em jardim algum, ao contrário, por força das circunstâncias tinha vindo bater justamente numa casa em que estavam ainda mais floridas. Ela não sabia, mas Mendel sim, que batera na casa certa. E por quê? Respeitava a crença dos ex-escravos, e encantou-se com a sutil maquinação dos orixás: ali era a casa dos "Rosenstrauch", nome que significa "roseira"; e eram um casal sem filhos, portanto, ele e a mulher seriam a "roseira sem flor", que, por linhas tortas, o pai de santo mandara Vicentina procurar.

Na Polônia, antes da perseguição racial, os judeus haviam sofrido permanente perseguição religiosa. Eram acusados de povo "deicida", de assassinos de Jesus. Na Semana Santa, seus pais não o deixavam ir à rua, era perigoso ser visto por católicos fanáticos. Tornou-se, por isso, um homem de espírito aberto, e comparava a perseguição ao espiritismo africano àquela que vira e sentira na terra natal.

Não fantasiava o encontro com Vicentina, não chegava a esse ponto, não era o destino que estava lhe trazendo um filho no colo da futura empregada. Empregadas vêm e vão. Mas em seu empírico ecumenismo havia uma pitada de Alan Kardec: "Não existem coincidências!" Procurou o sentido metafísico dos fatos; o que trouxera aquela mãe e filho à sua porta? Apenas a procura de uma vaga? Havia alguma coisa a mais em torno daquela chegada e do enigma da roseira sem flor, era demais para ser só isso. *Algo há... Mas o quê?* Com o tempo saberia.

Faiga escondeu sua decepção, e alojou os dois num quarto anexo à cozinha. Pretendia confiná-los, evitar, tanto quanto possível, que chegassem às demais dependências, a cargo da faxineira. Daria ordens específicas, seria mínimo o contato com eles. Nunca tivera empregada, mas sua grande preocupação era o menino. Temia que Mendel se apegasse a ele, seu sentimento de culpa por ser estéril sempre latente. Ordenou a Vicentina que mantivesse o filho no quarto, que nunca o levasse pelo resto da casa. Podia usar o quintal, grande e arborizado. Agia preventivamente. Tomou todas as precauções para que passassem em branco por sua vida, logo haveria um pretexto qualquer para despedir Vicentina.

— Não deixa o menino solto! Não deixa ele incomodar meu marido!

As ordens de Faiga surtiram efeito, mas por pouco tempo; na verdade, apenas por algumas horas. Por mais que se tente controlar os meandros da vida, o acaso pode desmoralizar qualquer cuidado.

Vicentina chegara numa sexta-feira, quando se iniciava o *Shabat*, dia de descanso do Senhor que começa depois do pôr do sol, quando aparece a primeira estrela. Os judeus interrompem então suas atividades e começam os preparativos para a ceia. A mulher judia é honrada com poucas obrigações religiosas, mas no *Shabat* ela é a "rainha do ritual": com a cabeça coberta por um véu, cabe-lhe acender as velas e, com movimento das mãos em torno das chamas, receber a bênção divina.

Nessa noite, porém, diante da mesa posta com caprichados pratos de comida *kosher*,[6] em dado momento, na bênção das luzes, Faiga viu junto ao corredor que vinha dos fundos da casa, com o rabo do olho, dois olhinhos espantados a contemplá-la. Era o menino. Tinha se esgueirado aproveitando uma distração da mãe, que acendia um toco de vela para agradecer a Iemanjá a graça recebida. Logo depois de ver o resto de vela de Vicentina fora atraído pela magnífica luminosidade das longas velas postas em reluzentes castiçais de prata, e, engatinhando em linha reta, viera dar na sala de jantar onde transcorria a cerimônia.

A muito custo Faiga prosseguiu a oração. Era seu grande momento semanal, a esposa diante do marido pedindo as bênçãos celestiais, a toalha da mesa irrepreensivelmente branca, os talheres de prata brilhando, a comida tradicional, variada e ao gosto dele — e tudo iria por água abaixo por causa daquele intruso de poucos centímetros sentado no chão, com uma chupeta na boca. Já se preparava para removê-lo quando Mendel o viu e vivamente o saudou:

— Moishele! Olha quem está aí, Faiga! Temos um convidado! — foi até o menino e o pegou no colo; depois, voltou à mesa e pôs logo um pedaço de *chalá*[7] na boquinha de seu "conviva".

Faiga, paralisada, quase desmaiou, precisou tomar seu calmante. Não imaginava que algo assim pudesse acontecer, aos seus olhos era uma profanação. No dia seguinte, pensou até em consultar o rabino para saber se Mendel não estava ofendendo a lei judaica admitindo um *goy*[8] na mesa do *Shabat*. Era o que faria se preciso fosse.

As amigas ficaram horrorizadas quando contou seu drama: o filho da empregada tinha roubado a atenção que era toda dela. Sugeriram que mandasse logo Vicentina embora, enquanto Mendel estivesse fora trabalhando, e depois lhe desse uma desculpa qualquer, até mesmo que ela tinha pedido as contas.

---

6 Preparadas segundo regras específicas de dieta permitidas pela religião.
7 Pão trançado tradicional.
8 Estrangeiro, não judeu.

Passou a aparentar premeditada tranquilidade. Quando Mendel trouxe brinquedos para Moishele, até pegou um chocalho e o sacudiu sorrindo ante os olhos da criança. Com naturalidade, pediu a Vicentina que servisse o café da manhã, não queria que Mendel atribuísse a planejada dispensa a um mau tratamento dado pela patroa. Já tinha marcado o dia de mandá-la embora: seria na quinta-feira, um dia antes do início do próximo *Shabat*. O pirralho não roubaria mais a atenção de Mendel.

Entretanto, na quarta-feira, chegou uma carta da Alemanha. Era de Yacov, irmão de Mendel, pedindo informações sobre pedras preciosas brasileiras. Dizia ter esperanças de que aos poucos melhorasse a situação dos judeus no país, diante da perseguição nazista. Vinha na carta uma foto dele com a mulher na frente de sua loja, e Mendel a tinha nas mãos quando Vicentina se aproximou, trazendo uma bandeja com bules de leite e café. Seu olhar casualmente esbarrou no retrato, e então algo inexplicável aconteceu, e aquela casa nunca mais foi a mesma.

— É meu irmão com a mulher dele — disse Mendel.

Vicentina pousou a bandeja na mesa, pegou a foto, aproximou-a do rosto e de repente entrou numa espécie de transe. Foi logo socorrida pelo patrão, que pensou num ataque epilético, e foi aos poucos se recuperando. Faiga trouxe água, pressentindo mais amolação e atraso no seu plano.

— O que foi isso, minha filha, quer que eu chame um médico? — perguntou Mendel.

— Não precisa, não é doença, foi outra coisa. Não sei se devo dizer, o senhor pode achar que eu tô doida.

— Não se preocupe, pode confiar em mim, me diz o que foi.

— Aquele retrato do seu irmão com a mulher...

— O que é que tem?

— Eu vi uma coisa horrível nele.

Faiga não conseguia entender o que estava acontecendo, só pensava em se livrar daquele estorvo o mais rápido possível. Mendel insistiu:

— Me conta, o que foi que você viu?

Vicentina, encabulada, disse que quando olhou o retrato dos dois teve uma visão.

— Que visão?

— Uma coisa ruim, não sei se devo contar.

— Pode falar, não precisa ter medo.

— Os dois estavam no chão "todo ensanguentados", cobertos de cacos de vidro, e em volta tinha uns homens muito violentos.

Para estranheza da esposa, Mendel não cortou a narrativa.

— Que homens? Que tipo de gente?

— Homens de uniforme, com uma fita enrolada no braço.

Vicentina pegou o envelope da carta, moveu os olhos para o canto do selo e apontou:

— Uma fita igual a essa no braço desse homem! — era uma suástica no braço de Hitler.

Impressionado, Mendel pegou o envelope e as fotos. Sem dizer palavra, encaminhou-se ao quarto de orações e pediu proteção para seu irmão e a mulher. Sabia, é claro, que através das Leis de Nuremberg a perseguição nazista já tinha tirado a cidadania dos judeus, proibido casamentos mistos, o direito a cargos públicos, transações com arianos e grandes negócios industriais e comerciais. A guerra à integridade física ainda não tinha sido declarada, mas um bom número de judeus não quisera esperar pelo próximo passo do Terceiro Reich, e mesmo perdendo setenta por cento de seus bens haviam lutado por um visto de saída.

Muitos outros, no entanto, entre eles o irmão de Mendel, não acreditavam que Hitler fosse durar e permaneciam na Alemanha. Seria um aviso a assustadora visão de Vicentina? Partiria o nazismo para a agressão corporal ou coisa pior?

Como deveria um europeu de religião milenar encarar a premonição de uma simples empregada analfabeta, praticante de um espiritismo marginalizado e perseguido pela polícia?

Mendel, por outro lado, não podia esquecer que, ao longo dos séculos, seu povo vinha sofrendo inúmeros e periódicos massacres, os *pogroms*.

Crer ou não crer no que poderia ser um alerta tornou-se para ele um tormentoso dilema. Se o encarasse com seriedade, ou pelo menos aceitasse a possibilidade de uma tragédia, não poderia ficar imóvel, não se perdoaria se Vicentina estivesse certa. E como é próprio de um judeu, não resolveu nada antes de longa reflexão, precisava robustecer seu convencimento.

Refletia pendularmente. Ignoraria, simplesmente? E se o Reich resolvesse parar de brincar de gato e rato e partisse para medidas extremas? Como poderia viver com essa culpa? Nessas coisas, não era um homem prático. Procurou se prevenir contra um futuro e doloroso arrependimento. Através da indicação de amigos, percorreu vários terreiros e consultou outros pais e mães de santo. Mostrava a carta do irmão, a foto e o envelope, e indagava sobre a visão de Vicentina.

As entidades incorporadas nada viram de mal, ao contrário, os babalorixás disseram para não se preocupar, que seu irmão estava bem e não corria perigo, a visão de Vicentina era a de alguém cuja mediunidade ainda não estava desenvolvida. E essa peregrinação por tantos centros mediúnicos, com seus tambores africanos, nuvens de fumaça dos charutos e cheiro da cachaça deu-lhe tranquilidade para concluir que não era caso de urgência. A tantos milhares de quilômetros de distância, como ela poderia ter visto algo que sequer tinha acontecido? Que não era precedido do menor boato, como os que no leste europeu antecediam a chegada dos matadores cossacos? E não acabara de ter a palavra dos mais proeminentes umbandistas? Não tinha consultado Pai Anastácio? Não fora à Mãe Ciata e a tantos outros? Por que tanta aflição? Por causa de um delírio que talvez não passasse de um ataque epilético, ou, quem sabe, uma artimanha para impressioná-lo e obter vantagem?

Mendel sossegou, esqueceu o incidente e voltou à rotina. Até que teve um sonho: num terreiro de Umbanda, ouviu que o irmão corria perigo de vida e que deveria mover céus e terra para salvá-lo. O inusitado do sonho, porém, é que o pai de santo não era um umbandista, mas o velho Rabino Shlomo, o mais respeitado de sua região na Polônia, que, com seu surrado capote negro, fumava o grosso charuto e bebia talagadas de aguardente. Acordou esbaforido, deixando assustada sua mulher.

Contou-lhe o sonho, mas Faiga não conteve o desdém:

— O santo Rabino Shlomo? Fumando charuto e bebendo cachaça num terreiro de macumba? — rindo muito, levantou-se e foi preparar o café.

Mendel sentiu-se isolado em sua ridícula ansiedade. Tentou ser racional, mas por um mecanismo da mente a superstição foi se transformando em pressentimento.

No dia seguinte iria à Praça Onze, costumeiro ponto de encontro dos imigrantes judeus, onde esperava encontrar apenas incredulidade e ironia: uma roseira sem flor, a visão da empregada, a foto do irmão, a carta, o selo, a agressão nazista... quem o levaria a sério?

O primeiro que abordou foi Simão Wainberg, *a priori* um péssimo conselheiro, um intelectual comunista que nem frequentava a sinagoga. Encontrou-o numa leiteria, mergulhando o pão com manteiga numa xícara de café com leite. Mas o comunista ouviu toda a história com atenção e curiosidade.

— Então, o que você acha? — perguntou Mendel, depois de lhe contar tudo, desde a chegada de Vicentina até o transe dela ao ver a foto de Yacov.

O amigo se manteve silencioso e pensativo, até pôs de lado o transbordante pedaço de pão. Depois, olhando fundo nos olhos de Mendel, o materialista Simão Wainberg deu sua inesperada opinião:

— Mendel, tudo me parece bem claro. Essa negra veio cumprir uma missão espiritual. Ou duas. Trouxe uma criança ao seu lar, e isso vai tornar sua vida muito melhor, mais alegre, pois você não tem filhos. E o que ela viu na foto, o massacre de seu irmão e da mulher dele, mostra o que os nazistas, mais dia, menos dia, vão fazer com os judeus na Alemanha. Quem conhece nossa história sabe bem como essas coisas começam:

os que farejam a desgraça a tempo conseguem escapar, já os otimistas... Ela deve ter um orixá muito poderoso, não se pode desprezar um aviso como esse. Dá um jeito, Mendel, tira eles de lá. — E confessou um segredo: — Eu vou a um terreiro de vez em quando — desabotoou a gola da camisa e mostrou-lhe um cordão de ouro com duas estrelas, uma de cinco, outra de seis pontas, a estrela da Umbanda e a estrela de Davi.

Impressionado com as palavras do ateu-comunista-umbandista, Mendel achou desnecessário procurar outra fonte. Se até um judeu vermelho, tão culto e politizado, endossava a mensagem de Vicentina, era hora de agir. Não podia perder mais tempo, tudo podia mudar de uma hora para outra no regime antissemita de Hitler.

Continuava com um mau pressentimento, mas via-se agora diante de um problema: como convencer seu irmão a sair de Berlim e vir para o Brasil?

Havia, claro, o conjunto de leis restritivas raciais, profissionais e comerciais do regime nazista. Mas o acomodado Yacov, em resposta à sua primeira carta, escreveu: "Não sou nem quero ser funcionário público, não pretendo dar aulas, não sou professor; portanto, por enquanto, vou equilibrando a vida com meu comércio; o que mais os nazistas podem nos fazer de mal?" Yacov, indubitavelmente, era um daqueles ingênuos otimistas dos quais Simão Wainberg falava.

Mendel decidiu trazer o irmão a qualquer custo, a lembrança dos antigos massacres reforçava sua disposição. Na Polônia e na Rússia também era assim, quase sempre vinham de surpresa. Havia lido trechos do *Mein Kampf*[9] num jornal israelita, não era hora de se pensar nos anéis. Salvar os dedos, isso é que importava. Mas para Yacov não havia ameaças visíveis, como o convenceria do perigo que corria? Ainda em lua de mel, comerciante estabelecido pela primeira vez, como poderia simplesmente dizer a ele "Largue tudo, venda por qualquer preço,

---

9 HITLER, Adolf. *Minha luta*. Alemanha: editor Rudolf Hess, 1925/26. Manifesto autobiográfico de Hitler contendo um resumo de seu projeto de poder.

salve sua vida, salve sua esposa, quem avisa é Vicentina, a minha empregada, que teve uma visão e apontou o selo com a suástica..." Yacov morreria de rir, achando que seu irmão "brasileiro" tinha enlouquecido, vítima de alguma febre tropical.

Mendel nem sabia por que, mas sentiu que tinha de correr contra o tempo. Quando? Não podia prever, mas algo desprovido de lógica lhe dizia que um fato terrível estava para acontecer a qualquer momento. Era agora uma questão de vida ou morte, algo mais que um simples pressentimento. Faria o possível para atrair Yacov, mesmo contra a vontade dele. Nem que inventasse uma mentira qualquer, afinal, tratava-se de salvar duas vidas. Ainda não sabia como fazer, Yacov não se contentaria com simples palavras num pedaço de papel prometendo-lhe mundos e fundos no Eldorado tropical. Teria de acenar com algo concreto, comercialmente grande. Ou que ao menos parecesse grande e concreto...

Passou a semana preocupado, noites insones pensando na mensagem aliciadora que mandaria para a Alemanha. Não iria convencê-lo com uma proposta que ensejasse maiores indagações. Teria que ser incisivo, nada de talvez, quando ou como... Nessa altura, a troca de correspondência poderia ser fatal, significar a perda de um tempo precioso. Quanto tempo ainda restaria?

3. O artifício de Mendel

A grande ideia, ou melhor, a grande esperteza, veio-lhe num domingo, no parque de diversões da Quinta da Boa Vista, familiar passeio da época, ao passar pela barraca de um fotógrafo, desses que, numa montagem, colocam o retratado na cabine de um avião, voando sobre as nuvens.

Mendel conversou com Machado, o retratista, e por bom dinheiro contratou seus serviços para uma tarefa diferente, um plano bem engenhoso que tocaria no ponto fraco de Yacov. Adiantou metade do pagamento e deixaram tudo combinado. No dia seguinte, vestido com seu melhor terno, Mendel postou-se ao lado da vitrine da maior e mais luxuosa joalheria da Rua do Ouvidor. Compenetrado, fazia pose de dono, e do outro lado da calçada, Machado registrava a cena, tudo muito rápido, antes que viesse alguém da loja. Faltava agora revelar a chapa, mas com uma alteração determinada por Mendel: Machado deveria raspar o nome original da joalheria e sobrepor na vidraça um nome fictício: "IRMÃOS ROSENSTRAUCH, JOALHEIROS".

A montagem ficou tão perfeita que, por segundos, Mendel teve a sensação de ser mesmo o real proprietário do estabelecimento. A nitidez proporcionada por um dia ensolarado deixava ver até o conjunto do variado mostruário dentro da vitrine.

Mendel não contou seu plano a ninguém, nem à mulher.

Iriam desconfiar de sua lucidez. Escreveria para a Alemanha comunicando a Yacov a aquisição da joalheria, dizendo que não tinha contado antes por ser algo incerto. Formariam uma sociedade, como já tinha mandado gravar na vitrine. Esperava que o irmão fosse atraído pela isca o suficiente para ter coragem de se desfazer de seu pequeno comércio, mesmo com prejuízo.

Era tudo uma fantasia, claro, mas para Mendel uma mentira necessária. Movido pela mensagem sobrenatural, estava certo de que Yacov corria real perigo de vida, de que as leis nazistas de Nuremberg cassando a cidadania dos judeus seriam um aperitivo para o que poderia estar a caminho, embora as Olimpíadas de 1936 em Berlim tivessem amenizado temporariamente a perseguição, dando a falsa impressão de que o pior já teria passado. A reação do irmão quando chegasse ao Brasil e descobrisse a farsa era uma tarefa para enfrentar depois. No momento, o que importava era salvar aquelas vidas de uma ameaça que ele, aqui no Brasil, sentia mais próxima do que eles lá, no coração do Terceiro Reich.

No envelope foram também enviadas algumas fotos do Centro do Rio de Janeiro, com suas ruas e avenidas europeizadas, para mostrar que não iriam desembarcar no meio de uma selva, em meio a cobras e índios nus.

A carta chegou a Berlim no início de julho de 1938. Ao ver a foto da "sua" joalheria no Brasil, com aquela grande vitrine repleta de mostruários, e reparar na elegância do irmão e de alguns passantes, Yacov ficou excitado. Transmitiu seu entusiasmo à jovem esposa e pesaram os prós e os contras. Por força das leis nazistas, abandonar Berlim significava, praticamente, perder todo o patrimônio que tinham acumulado, ou seja, o imóvel e as mercadorias que lhes garantiam a sobrevivência. O Reich impunha limitações legais, condições onerosas absurdas para que os judeus, ao partir, vendessem seus bens com grande prejuízo.

Outro obstáculo era a obtenção dos vistos de saída da Alemanha e entrada no Brasil, além da diabólica burocracia alemã para tudo que se referisse aos semitas. Entretanto, Mendel tinha acrescentado um PS na carta dizendo que bastaria a anuência do irmão e ele, Mendel, cuidaria de viabilizar a viagem.

Até aquele momento, Yacov suportara com resignação todas as proibições impostas pelo regime, algumas até ridículas, como a de frequentar o Zoológico, por exemplo, privilégio permitido somente aos arianos. Yacov desdenhava: "Posso passar muito bem sem aqueles bichos!" Lamentaria deixar a bela cidade, não entendia muito bem o porquê de tanta pressa, afinal, Hitler não era "aquele Faraó que ordenara a matança dos inocentes".

Mendel insistia numa resposta imediata. Yacov resistia, mas se preocupava com a hipótese de o irmão acabar arranjando outro sócio. Indeciso, não sabia que estava bailando sobre um precipício: "Os nazistas já não fizeram o bastante contra nós? O que mais podem fazer? *Pogroms...* massacres... são coisas do passado, na Rússia, na Ucrânia, na Polônia, não no mundo moderno ocidental. Estamos em Berlim, em 1938". Seu instinto de conservação não era lá dos mais apurados.

Foi adiando a resposta. Ouviria com calma os parentes da mulher, nascidos na Alemanha, e outros comerciantes e amigos. *Além do mais, ao menor sinal de perigo de vida podia voltar para a Polônia, seu país de origem,* tão próximo e seguro, pensava. A família de Erika, mulher de Yacov, não via a ideia com bons olhos. Conseguiria ela, uma berlinense nata, viver na "selva brasileira"? E quanto a ele mesmo, um polonês adaptado, resistiria vivendo como peixe fora d'água, num lugar tão exótico e distante? Não conseguia romper o dilema. Poderia muito bem ir vivendo sem cidadania, sem zoológico, sem cargo público, e, claro, sem fazer sexo com uma ariana, ato punível na época até com a pena capital. "Isso tudo sempre foram luxos para o nosso povo". Mas a foto daquela magnífica joalheria na principal rua comercial do Rio de Janeiro não lhe saía da cabeça.

Muitos com quem falava, ao contrário, invejavam sua sorte, pois o máximo que conseguiriam, e arduamente, era um visto de saída para a China, àquela altura único país que ainda mantinha as portas abertas.

O mais grave, comercialmente falando, é que a perda de clientes arianos, proibidos de entrar nas lojas com um "J" na fachada, começou a inviabilizar os negócios, e os judeus estavam vendendo suas joias por qualquer preço. Apenas o serviço de consertos garantia-lhe algum ganho — seu pensamento ia e vinha no mesmo circunlóquio: por um lado, poderia viver muito bem como sócio do irmão no Rio de Janeiro; por outro, abandonar o conforto de uma das melhores cidades da Europa era algo muito penoso.

No Brasil, Mendel se desesperava com a falta de notícias do irmão. Continuava acreditando na visão de Vicentina, poderia ser tarde demais quando Yacov percebesse a iminência do perigo. Resolveu acrescentar mais uma isca, uma garantia extra: se nada acontecesse, se o regime nazista deixasse os judeus em paz, mesmo com tantas restrições, Yacov poderia retornar à Alemanha sem qualquer ônus, e com um bom capital dado por ele. E foi assim, nesses termos atraentes, que convenceu o casal.

Os jovens encararam a proposta como uma viagem de turismo, sem qualquer despesa nem risco financeiro. Ainda exigiram todas as regalias de um cruzeiro de luxo, não entrariam num daqueles navios cheios de imigrantes assustados — condições prontamente aceitas por Mendel, que via o tempo se escoar em cada troca de cartas. Finalmente, decidiram embarcar. Aliviado, Mendel tinha agora outra batalha pela frente: conseguir vistos de entrada para o casal.

O Presidente Getúlio, nessa época, andava de namorico com o nazismo, já havia até mesmo autorizado a extradição de uma judia, Olga, mulher de Luís Carlos Prestes, que acabou executada; e sua "eugênica" política de imigração era objeto de circulares secretas enviadas a todos os consulados, vedando a entrada de "indesejáveis" — eufemismo diplomático para os imigrantes semitas.

Para Mendel, embora faltassem evidências no ar, o grande mal pressentido na Alemanha não iria tardar. Conhecia os meandros e atalhos da terra, o tal "jeitinho" — era só conhecer alguém com influência no governo e mobilizá-lo para a urgência requerida. Mas não conhecia nenhum político, sequer um vereador. Tinha, portanto, de achar logo um elemento subornável; muitos vistos para imigrantes da Alemanha eram comprados por debaixo dos panos. Se não pudesse chegar diretamente ao figurão responsável, teria de fazê-lo por meio de escalão inferior, ou seja, procurar alguém que conhecesse alguém e assim por diante.

Lembrou-se, oportuna e esperançosamente, de Matilde, uma morena exuberante que, a breves intervalos, comprava joias caras em sua loja sem ter fonte de renda conhecida. Mendel, discretamente, conhecia a origem desses recursos: vinham de um membro da guarda pessoal do Presidente, alguém que fazia parte do grupo chefiado por Gregório Fortunato, o "Anjo Negro" de Getúlio, um dos personagens mais poderosos da República. E foi procurá-la em casa.

Lá, desdobrou o veludo negro sobre o sofá. Havia selecionado as mais belas pulseiras, brincos, colares e anéis de ouro. Os olhos de sua "cliente" brilharam, como devem ter brilhado os daquele bandeirante quando descobriu as turmalinas que confundiu com esmeraldas. Maravilhada, apertou as mãos contra o peito e se engasgou com as palavras. Hesitou em pôr um anel no dedo ou fechar uma pulseira.

— Isso tudo é lindo, Mendel, mas não é para o meu bico! Não é de hoje que sou sua cliente, você sabe até que ponto posso ir — reagiu Matilde.

— Escolha uma pulseira, um anel e um par de brincos — retrucou Mendel.

— Escolher pra quê? Não vou poder comprar mesmo, só pra ficar com água na boca?

— Não precisa pagar; em troca, quero apenas um favor seu.

Matilde sorriu brincando, meio maliciosa.

— Que favor, hein, Mendel?

Mendel entendeu a brincadeira.

— Não, Matilde, não é nada disso... O favor que eu preciso é do seu amigo Teixeira, aquele do grupo do Gregório.

Matilde se animou:

— O Teixeira faz qualquer coisa que eu pedir.

Ganhou as joias. Em poucos dias saíram os vistos brasileiros, e em Berlim não houve maiores dificuldades, graças ao ótimo relacionamento diplomático entre o Brasil e a Alemanha. Quando Yacov embarcou para cá no início de outubro de 1938, as leis raciais e perseguições antissemitas do Reich não haviam ainda atingido o auge, sangue não havia corrido, exceto em casos isolados.

A bordo, o casal viveu dias de sonho: era a lua de mel sofisticada que não haviam tido, na primeira classe de um confortável transatlântico, tendo Yacov à sua espera uma posição comercial de grande prestígio, como sócio de uma das principais joalherias do Rio, conforme prometiam as cartas do irmão. Intrigara-o até certo ponto o súbito progresso de Mendel, que, de simples comerciante não estabelecido, alcançara grande *status* em tão pouco tempo, a ponto de pegá-lo de surpresa com a proposta de sociedade. *Coisas do Brasil...,* pensou, como outras histórias de enriquecimento de que tinha ouvido falar. Até há poucos dias, em Berlim, sua mulher enfrentava filas para conseguir alguns alimentos racionados. O navio, porém, era um oásis: camarote, vinhos finos, variedade gastronômica e valsas de Strauss, tratamento de ariano puro. Em alto-mar, durante a viagem, misturado aos outros passageiros, Yacov até esquecia o que era ser judeu. Em dado momento, distraído, por puro reflexo, chegou mesmo a responder à saudação de um oficial que, simpaticamente, esticou-lhe o braço na saudação hitlerista.

No meio do Atlântico não lhe chegavam notícias de crises internacionais; aliás, não lhe chegavam notícias de espécie alguma, e tal isolamento dava-lhe a ilusão de que o mundo era um lago sereno. Mas enquanto Yacov e Erika valsavam no majestoso salão do navio sob o esplendor de gigantescos lustres de cristal, ao ritmo dos "Contos dos Bosques de Viena", em Berlim, na madrugada de 10 novembro de 1938, o vienense Goebbels mobilizava as SA, milícia paramilitar do Partido Nazista, para ações de represália ao assassinato em Paris, por um jovem judeu, de um funcionário da embaixada alemã. Entre um rodopio e outro, regados a taças de champanhe, ignoravam que nessa mesma hora em Berlim — na chamada "Noite dos Cristais" (Kristalnacht), por causa da longa esteira de cacos espalhados pelo chão refletindo a luz da lua — lascas da vitrine de sua joalheria jaziam no meio da rua, assim como as vidraças de centenas de outras lojas de propriedade de judeus destroçadas pela turba maquiavelicamente enraivecida, que estendia a barbárie incendiando sinagogas, matando, ferindo e levando para a prisão em Dachau milhares de membros de sua comunidade,

Desinformado do ataque, o casal desembarcou poucos dias depois no Cais do Rio de Janeiro, onde Mendel os esperava. Os irmãos se abraçaram, emocionados. Mas Yacov não atinou para a razão de o abraço de Mendel ser tão longo e tão apertado. E por que ele chorava? Reclamaram muito do calor. Quando entraram no Ford 34 de Mendel e seguiram para o Grajaú, a capota ardente os fez suar em seus trajes europeus. Entreolharam-se, dando sinais de arrependimento, não iriam se acostumar àquela fornalha. Se pudessem, voltariam ao cais para embarcar de volta no mesmo navio, mas logo saberiam que já não era possível pisar em solo alemão sem pôr a vida em risco.

Teria valido a pena vir para lugar tão inóspito? Mesmo por uma grande vantagem econômica? — indagavam-se. Depois de alojados, já descansados da viagem, chegou a hora do grande choque. Reunidos em torno de um lanche vespertino, veio a temida pergunta de Yacov:

— Quando iriam conhecer a joalheria?

Erika, desconfortável, já queria saber, se fosse o caso, como faria para voltar. E lançava, de esguelha, olhares acusadores sobre o marido. Mendel, a fisionomia séria, observava a inocente ignorância do casal, que ainda desconhecia o massacre de Berlim. Nada disse. Apenas pegou os jornais da imprensa israelita e os passou a Yacov: as atrocidades de 10 de novembro, que haviam matado 91 judeus, mandado milhares para o campo de concentração de Dachau e incendiado e destruído centenas de sinagogas estavam nas manchetes de primeira página. As lojas haviam sido saqueadas e as vitrines espatifadas enquanto o casal gozava de segurança e conforto a bordo do transatlântico.

Após a leitura do noticiário sobre a tenebrosa madrugada, Yacov chorou. Pensou nos que tinham ficado lá, como os pais de Erika, e teve certeza de que uma nova e mais terrível onda hitlerista tinha começado. Imaginou as letras douradas de sua pequena vitrine, agora transformadas em incontáveis cacos de vidro. Teve certeza também de que havia escapado por pouco da brutalidade contra os judeus que marcou o início da história do Holocausto.

Não fosse a insistência de Mendel e a tentadora proposta de sociedade, teria ficado em Berlim, sentia arrepios só de imaginar onde e como estaria agora. A Alemanha tinha acabado para ele. Aos poucos foi assimilando o golpe, e procurou se adaptar à reviravolta. Mas tornou a perguntar pela joalheria.

Era a hora da verdade. Mendel até ensaiou um tom de desculpa, mas tomou coragem e foi direto ao ponto, sem tergiversar:

— Yacov, quero que você me perdoe, mas essa joalheria não existe. Foi um artifício que usei para trazer você e sua mulher, para salvá-los do extermínio.

Yacov custou a acreditar na explicação. Não se conformava, pensou que Mendel estivesse brincando.

— Mendel, como você pôde inventar essa história? E a foto que você me enviou?

— Era uma fotomontagem, mandei um profissional trocar o nome na vitrine.

— Você ficou louco, meu irmão! Por que a mentira?

Mendel mostrou novamente as manchetes dos jornais.

— Para salvar sua vida, para livrá-lo do campo de concentração!

Yacov continuava sem entender.

— Mas ninguém sabia de nada! Nem eu, que vivia no

Reich. Como você pôde saber do *pogrom* com tanta antecedência? Mendel Rosenstrauch é um profeta?

Mendel não sabia bem como responder. Soaria ridículo para um recém-chegado da Alemanha, pátria de Einstein, aceitar que tudo acontecera porque Vicentina, ao servir o café da manhã, olhara de relance a foto do casal e tivera a visão dos dois sendo espancados. Mas não se esquivou, não importava que o irmão risse dele. Yacov estava a salvo, e isso é que era importante.

— Eu não sou profeta, mas Vicentina é.

— E quem é Vicentina? Alguma mulher com bola de cristal?

— Não! Vicentina é a nossa empregada, aquela mulher que você viu trabalhando na cozinha. Ela pertence a uma linhagem espiritualista de escravos africanos, e alguns dessa religião são videntes. Quando viu a foto de vocês entrou em transe, teve a visão dos dois caídos no chão, os corpos sangrando, cobertos de pedaços de vidro; e apontou para a braçadeira com a suástica no selo da carta, dizendo que os agressores também a usavam. Lendo os jornais, sabemos que isso realmente aconteceu com milhares de judeus, tudo orquestrado pelos nazistas sob o pretexto de vingar a morte em Paris de um diplomata alemão. Eu é que pergunto: como ela poderia saber disso? E da suástica? Ela não tem a menor noção dessas coisas. O que ela viu foi simplesmente o homem e a mulher da foto sendo massacrados, e não desprezei esse aviso vindo de alguém tão humilde, não tive essa arrogância; mesmo enfrentando a zombaria dos amigos, não desisti de tirar vocês de lá. E agora eu pergunto: não fosse a Vicentina, onde vocês dois estariam agora? Além do mais, a Cabala nos ensina a não desprezar certos sinais, certos avisos, não importa de onde venham.

Yacov estava imerso na sensação de alívio por não ter sido engolido pelo vórtice da *Kristalnacht,* mas frustrado por não encontrar no Brasil a joalheria que por breve tempo embalara seus sonhos. Não deixou de admirar a artimanha do irmão para trazê-lo, pois não teria mesmo imigrado sem aquela fotomontagem, se sua ambição não tivesse vencido o comodismo que o fazia ir ficando, na esperança de que houvesse uma pausa na perseguição como tinha havido em 1936, durante as Olimpíadas em Berlim.

Sem poder retornar, restava-lhe agora adaptar-se ao novo lugar. O insuportável calor deixava-o permanentemente molhado de suor, o obrigando ao uso de ventiladores igualmente insuportáveis que, reclamava a mulher, desmanchavam seu cabelo. Sentiu saudades do tempo em que só a neve bloqueava sua porta e seu caminho: *Ah, como era bom viver em Berlim...*

Na verdade, Yacov achou que essa história de vidente era outra invenção de Mendel, mas se calou. Tampouco se imaginava oferecendo anéis, brincos e cordões de ouro nas repartições públicas, tipo de trabalho que de fato o aguardava, achava isso humilhante para quem havia sido comerciante, pequeno, mas estabelecido no centro de uma das maiores capitais europeias.

Dois polos opostos regulavam seus sentimentos em relação a Mendel: conscientemente, era grato por ter sido salvo das hordas hitleristas; por outro lado, agora fora de perigo, ainda sofria por causa da falsa expectativa comercial, uma boa mentira que quebrara sua resistência e o fizera atravessar o oceano. *Mas não podia ser de outro jeito?*, se perguntava. Ele mesmo respondia: *Não! Se não fosse a foto da joalheria eu nunca teria vindo...*

Mendel não o pressionou. Yacov tentou se adaptar ao lugar e ao clima, o que era mais árduo para quem vivera na culta Berlim do que para os imigrantes vindos diretamente da Polônia, na maioria, como Mendel, oriundos de lugarejos onde a luz elétrica custara a chegar, as oportunidades eram escassas e a tradição antissemita remontava a séculos de catolicismo. Na Alemanha, o Iluminismo há muito retirara os judeus do gueto.

Mas Berlim devia ser esquecida. A Alemanha era agora o ódio de Hitler. Erika escreveu para parentes em Buenos Aires — a Argentina vivia uma fase de grande prosperidade, graças ao comércio exportador de trigo e, principalmente, carne. Veio então o convite: por que não vinham para a capital portenha, conhecida como a "Paris da América do Sul"? Quando soube que na Argentina havia uma região onde caía neve, Yacov se entusiasmou e aprovou a ideia; fotos das pistas de esqui de Bariloche aguçaram sua ansiedade.

Decidiram ir. Haviam ficado apenas três meses no Brasil. Erika enjoava muito, e uma consulta médica tirou a dúvida: era gravidez. Só então, na véspera de partir, o incrédulo Yacov, apreciando a beleza das roseiras, meditou ainda intrigado sobre aquela história misteriosa e absurda, as circunstâncias que haviam levado mãe e filho à casa de Mendel. E enquanto "falava" com as roseiras, repetia num leve sorriso o próprio nome: "Rosenstrauch". Como entender o enigma daquela mulher em que Mendel acreditara, não esmorecendo até livrá-los do grande perigo que nem ele nem Erika, por teimosia, queriam perceber, mesmo ouvindo os constantes discursos ameaçadores do Führer, mesmo vendo passar diante de sua porta os camisas-pardas, tropa de choque do nazismo?

Estremeceu ao concluir que Vicentina, fosse por intuição, palpite ou revelação — isso não importava — tinha salvado não só os dois, mas também o filho que estava a caminho. E desistiu de procurar uma explicação.

No dia da partida, Mendel os levou de carro até o cais. Mas antes de deixar a casa, na hora da despedida, ante olhares surpresos, Erika, até então calada e arredia, abraçou Vicentina com lágrimas nos olhos e beijou o menino no colo dela, tirou seu cordão de ouro com a estrela de Davi e colocou nele.

Yacov e Erika viajaram sem saber que Vicentina tivera outra recente visão, que contou apenas a Mendel:

— Aqueles homens tacaram fogo no piano da moça.

Mendel chegou a perguntar à cunhada se ela tinha um piano, mas preferiu nada revelar.

— Tenho, sim! Está na casa de meus pais na Prinzregentenstrasse, quem dera tê-lo aqui comigo!

Era uma das ruas mais aristocráticas de Berlim.

E a casa? Teriam os vândalos ateado fogo nela também? Mendel temeu pela sorte dos pais de Erika, mas sobre eles Vicentina nada falou. Meses depois, por carta do irmão, soube que nem o piano, nem a casa, nem os pais dela tinham escapado. A bela casa fora incendiada e os pais levados para o campo de concentração em Dachau.

Paralelamente, ao lado de uma grande apreensão, o acelerado recrudescimento das ações contra os judeus na Alemanha, com prognósticos cada vez mais sombrios, fez crescer dentro dele, Mendel, uma sensação de orgulho consciente por não ter sido arrogante e ter acreditado na mensagem "cabalística" de uma humilde criatura de crença esotérica. E tudo porque naquele dia, à porta de sua casa, protegera Moishele e Vicentina com seu guarda-chuva.

Não fora uma simples coincidência. Se tivesse chegado um pouco mais tarde não os teria encontrado, não teria ouvido a mensagem da roseira sem flor, não teria dado emprego a Vicentina, ela não teria tido a visão da "Noite dos Cristais" e ele não teria salvado seu irmão. Dali em diante, Faiga se conformou, e aceitou que Moishele e Mendel teriam sua própria história.

4. Mendel e Moishele

Mendel e Moishele viriam a protagonizar ao longo do tempo uma insólita história de amor paternal e filial. Um simples olhar arregalado de Mendel na direção dos olhinhos do garoto, e mais a gargalhada de Moishele naquele primeiro dia, enlaçaram o afeto duradouro entre a criança recém-chegada e o sexagenário brincalhão.

Consultando a Cabala e analisando ponto por ponto o que tinha acontecido, desde o momento em que havia encontrado mãe e filho no portão de sua casa prestes a se ensoparem, até a estranha narrativa de Vicentina em busca da roseira sem flor, Mendel, um maçom, atribuiu ao trem do destino, conduzido por um "Supremo Maquinista", o encontro que acabaria livrando seu irmão do inferno e garantindo a continuidade do nome da família, pois em Buenos Aires Erika teve o filho que esperava quando saiu do Brasil — um menino.

E "quem salva uma vida salva a humanidade inteira", diz o Talmud, não importa, acrescentava Mendel, se por um ato fisicamente heroico ou através da involuntária vidência mística de uma simples serviçal.

Mendel agiu como um justo. Vicentina deixou o quarto de empregada e passou a ocupar com Moishele o quarto de hóspedes, desativado desde a partida do irmão. Um justo, entretanto, não pode ser hipócrita. E ele não foi. Uma simples melhora de tratamento fora também episódio corriqueiro entre senhores e escravos. Por isso, Mendel comunicou a Vicentina que ela não era mais empregada, que podia morar naquela casa com o filho pelo tempo que desejasse como pessoa da família, e que receberia uma mesada. Vicentina agradeceu chorando, mas praticamente suplicou para continuar como estava. Gostava do trabalho doméstico, disse que fazia bem a ela. E não achava direito Mendel contratar outra empregada. Aceitava, sim, uma ou outra regalia, como a liberdade de sair toda sexta-feira à noite para ir ao terreiro de umbanda.

Desse modo, o lar de Faiga e Mendel, que se tornou também o de Vicentina e seu filho, abrigou por muito tempo a convivência entre duas religiões. Faiga, que de início ficava horrorizada, acabou se acostumando aos hinos iorubás que vinham do quarto de Vicentina. Às vezes, distraída, ela mesma se pegava cantando algum ponto de umbanda que tinha ficado na sua cabeça, o que a deixou muito embaraçada num dia em que, na sinagoga, junto a outras mulheres, começou distraidamente a cantarolar um trecho que falava em Iemanjá e Oxalá.

Vicentina também se deixou influenciar, gostava muito de dizer "*shalom*" e "*shabá*" sempre que tinha oportunidade, mesmo sem saber direito o que significava. Achava que era o saravá dos judeus.

Mendel comprou um berço para Moishele, que vinha dormindo na cama da mãe, e trouxe-lhe um enxoval completo, além de chocalhos e bichinhos de pano. Mas foi o carrinho de bebê que o deixou mais entusiasmado. Já no dia seguinte, com o garoto a bordo, fez sua primeira incursão na pracinha do bairro, onde orgulhosamente ia respondendo à curiosidade dos vizinhos, espalhados pelos bancos do lugar.

— Que menino é esse? — Dona Rachel, amiga da família, foi a primeira a perguntar.

— É meu filho! — respondeu Mendel, sorridente.

Ele sabia que o simples fato de a novidade ser "flagrada" por Dona Rachel era garantia de que, num curto espaço de tempo, toda a colônia israelita estaria comentando que um judeu do Grajaú tinha um filho de sua empregada negra.

Houve um contratempo nesse passeio, quando Moishele começou a chorar porque estava com fome. Era hora da mamadeira, e Mendel se desesperou, Moishele berrava cada vez mais alto e ele, pai calouro, não tinha trazido nada. O berreiro era tão poderoso que atraiu a atenção de uma babá com uma criança em outro carrinho. A solução foi aproveitar o resto deixado pelo "coleguinha", que tinha ficado satisfeito com dois terços da merenda.

O susto bastou para Mendel aprender tudo sobre horários de alimentação e esgotar a literatura do gênero "Cuidados do Bebê". Não praticara ainda, no entanto, a troca de fralda, e noutra ocasião foi salvo pela mesma babá que havia resolvido o drama da mamadeira.

Mendel poderia contratar alguém, mas o desejo de ser pai, abafado por tantos anos, o incentivava a ser pai, mãe e babá ao mesmo tempo. Faiga, vencida pelos fatos, não opunha mais aquela resistência inicial. Afinal, testemunhara toda a luta de Mendel para trazer o irmão após a visão de Vicentina. Como ignorar uma dívida tão grande? Assimilou a divisão de atenções e aos poucos foi também se chegando ao menino. O constrangimento ficava para as horas de convívio com as amigas, que indagavam maliciosamente a razão de tão grande afeto de Mendel por uma criança *goy*. "Por que não tinham adotado uma criança judia?". Faiga não se atrevia a contar a história da carta vinda da Alemanha, do papel da empregada e tudo o mais. Dizia apenas que Mendel gostava muito de crianças e acabara se afeiçoando ao filho da empregada, que não tinha adotado, pois ele tinha a mãe que o criava. O pai tinha morrido ao saltar de um bonde andando quando ia para o trabalho.

Mendel ironizava, dizia que era questão de afinidade: "É o encontro de dois descendentes de escravos, apenas com diferença de alguns séculos: os meus antepassados foram libertados no Egito há cinco mil anos, e os dele, aqui no Brasil, há apenas cinquenta e poucos".

"Moishele" se chamava Jorge, nome dado em homenagem ao Santo Guerreiro —Ogum, na umbanda. Ao saber que ele ia completar um ano, Mendel logo pensou na festa de aniversário. Sem prática, pediu a Vicentina que fizesse o bolo, preparasse doces e salgados. E à constrangida esposa, que fizesse *beigueles* de batata e *varenikes*.[10] Convidaria crianças da vizinhança, entre as quais também algumas de famílias judias. E deu liberdade a Vicentina para chamar quem ela quisesse.

O cenário, um alpendre nos fundos da casa, incluía uma mesa comprida e dezenas de cadeiras que foram aos poucos sendo ocupadas pelos convidados — lado a lado, alguns barbudos ortodoxos, com seus chapéus e sobretudos negros, e umbandistas vestidos de branco com seus colares e patuás. À mesa, em plena harmonia, os *beigueles* e *varenikes kosher* conviviam com profanos croquetes e empadas de camarão produzidos por Vicentina. Um bolo enorme coberto de creme e coco, sobre o qual uma vela solitária assinalava a idade do aniversariante, revelou-se uma saborosa unanimidade, pois os ortodoxos, consultando-se, não se lembraram, ou não quiseram se lembrar de nenhuma proibição religiosa capaz de bloquear o acesso àquela "tentação".

Assessorado por Mendel, Moishele deu cabo da chama que tremulava sobre o imponente confeito com dois soprinhos, mais cuspe que vento. Como de praxe, chegou a hora do "Parabéns pra Você" e, nem tanto de praxe, gritos de *Mazal Tov*[11] puxados por Mendel. Seguiu-se uma sequência benfazeja de passes e fumaça de charuto, que irritou um pouco os olhos dos ortodoxos.

Mendel achou de justiça dar destaque a Vicentina, e contou toda a história desde a chegada dela à sua casa, declarando alto e bom som que daqui de tão longe havia vencido a fúria assassina dos nazistas, o que poucos entre os presentes entenderam. Mas os religiosos de capote e chapéu negros se emociona-

---

10 Petiscos da cozinha tradicional judaica.
11 Do hebraico "Boa sorte!", usado como "parabéns"..

ram com o feliz desfecho da história, alguns lamentando não ter podido fazer o mesmo por seus familiares, já então à mercê dos carrascos da SS. E assim transcorreu a festa, com a proteção dos Orixás sobre a cabeça de Moishele e no pescocinho um *alef*[12] de ouro. Também, como de costume, os homens e mulheres de branco levaram para casa pratinhos de empadas e croquetes, além, é claro, de pedaços do bolo. Já os religiosos de preto não dispensaram os *beigueles* nem os *varenikes* sobreviventes.

Em contraste com a euforia de Vicentina, Faiga, cabisbaixa a um canto, pouco participou da festa. A cada momento, sob qualquer pretexto, abandonava o ambiente da festa e procurava refúgio em algum canto isolado para chorar sua impossibilidade maternal. Mas teve a chance de um belo gesto ao ajudar um mendigo que, da rua, esticava o braço por cima do muro: fez um pratinho misto de *beigueles* e empadas de camarão e o depositou no côncavo da mão do inesperado comensal. Por motivos diferentes, talvez tenha sido a primeira vez que, tanto um quitute como o outro lograram chegar à sua boca — o infeliz nunca tinha visto um *beiguele*, e quanto à empada de camarão, embora topasse diariamente com o salgado por trás do vidro das confeitarias, não podia dar-se ao luxo de saboreá-lo sem quebrar seu "orçamento".

A superioridade social de Faiga nada significava diante de sua inferioridade psicológica em relação a Vicentina, cujo menino reinava naquele momento em sua própria casa. E de novo emergia o arrependimento por não ter concordado com a adoção de uma criança judia quando Mendel propôs a ideia. Depois de adulto, Mendel nunca mais tinha brincado com uma criança, e "ser criança" de novo estava fazendo muito bem a ele.

Um acontecimento que não chegou a ser trágico, e nem deixou de ser cômico, foi o "sequestro" de Moishele. Um malandro das redondezas viu de longe quando Mendel entrava em casa com o menino no carrinho, voltando de um passeio. A casa imponente e o carrinho de luxo fizeram-no crer que podia

---

12 Primeira letra do alfabeto hebraico.

ganhar muito dinheiro se apoderando do bebê, filho daquele homem muito rico. Passou a informação e os detalhes da casa a dois comparsas. No melhor horário, dado fornecido pelo informante, conseguiram pular o muro e entraram por uma janela aberta. Já no interior da casa, procuraram em todos os cômodos, mas não encontraram o "filho do proprietário". Deram um susto em Vicentina, que estava lavando roupa no tanque, e foram embora sem causar dano.

Mais tarde, ajustaram contas com o malandro, pois tinham corrido um risco a troco de nada: os pais tinham saído com o bebê, só estava lá "o filho da empregada", de pouco ou nenhum valor comercial.

Passado algum tempo, Moishele chamou Mendel de papai pela primeira vez. Foi na pracinha, quando passavam perto de uma carrocinha de algodão-doce. Embora o fato fosse previsível, o judeu estacou emocionado. Viu uma carinha tão alegre que não segurou um princípio de choro quando o menino, insistentemente, apontou o dedo na direção do vendedor. Terminaram ambos lambuzados de açúcar nevado.

Mendel começou a se preocupar com a reação de sua mulher ao ouvir o pequeno chamá-lo assim. Em circunstâncias normais, ela seria a "mamãe", precisava ter cuidado para não melindrá-la, por causa da grande angústia que ainda a atormentava. Era preciso dar tempo ao tempo. Quem sabe, depois de mais crescidinho, Moishele se acostumaria a ter duas mães... Esperava que isso viesse a acontecer naturalmente, e, de vez em quando, buscava um pretexto colocar o menino no colo de Faiga. Nessas ocasiões, sabia que estava arriscando aliviar seu reprimido instinto maternal, ou, ao contrário, causar algum tipo de depressão.

Não era tão expansivo com o menino se Faiga estivesse perto; com gestos e palavras contidos procurava não magoá-la, esperava que partisse dela o primeiro impulso de afeto, que viria, certamente, diante de um sorriso ou mesmo de um choramingo.

Faiga era de Opatow, pequena cidade polonesa perto

de Lublin. Filha de sapateiro, desde cedo tivera que trabalhar, tornou-se exímia operária numa fábrica de escovas. No inverno, saía de madrugada, caminhando sobre a neve. Cartas de amigos convenceram seu pai a mandá-la para o Brasil, onde teria apoio necessário para começar vida nova, se casar. Pais que mandavam seus filhos para uma terra tão distante e "selvagem" o faziam de coração apertado. Apesar das informações desmistificadoras, mesmo assim não ficavam tranquilos, ainda tinham receio de uma flechada perdida ou de uma mordida de cobra em ruas brasileiras. Ao mandá-los para longe, porém, estavam sem saber os salvando do Holocausto que se aproximava.

Mendel vinha trazendo alguns brilhantes costurados em seu casaco, que conservou vestido e abotoado durante as vinte e quatro horas de cada dia da viagem. Ao chegar, devidamente orientado por compatriotas, transformou as pedras em capital e enveredou pelo comércio de joias, cuja arte e técnica haviam passado de seu avô para seu pai e do pai para ele.

Ficou maravilhado com o potencial do mercado consumidor do Rio de Janeiro, a Capital Federal, com seus parlamentares, esposas e amantes. E também com o funcionalismo público, que, para seu espanto, permitia-lhe fácil acesso às repartições. Sua maior alegria, além do lucro comercial, era a excitação com que as clientes se debruçavam sobre o veludo preto que ele desdobrava lentamente, mostrando aos poucos as joias feitas por suas mãos. Ser recebido com calor humano fora de sua comunidade era algo novo para ele, e isso logo o fez se apaixonar pela terra. Em três anos, pôde comprar uma bela casa de dois pavimentos no aristocrático bairro do Grajaú. O tempo, generoso, dera-lhe tudo de riqueza material, até um Ford 34, coisa para poucos. Mas não lhe dera e à esposa o filho que sonhavam desde que se conheceram.

Com três anos de idade, Moishele passou a acompanhar o "pai" à sinagoga. Mendel não o iniciou em sua fé, apenas colocava uma *kipá* em sua cabeça e o deixava à vontade. De tanto escutar, o menino gravou duas ou três palavras de orações muito repetidas. Mendel ria muito quando, às vezes, o surpreendia em casa repetindo mecanicamente: "*baru atá, baru atá...*"[13] Quando via Mendel tirar o *talit*[14] da gaveta para ir ao templo, logo antecipava alegremente: *baru atá, baru atá...*

É claro que uma criança negra na sinagoga era alvo de comentários, mas logo a dupla passou a ser vista com naturalidade. Alguns gostavam até de mexer com ele, só para vê-lo repetir: *baru atá, baru atá...*

Moishele, no entanto, era livre. Mendel não sugeria nada que pudesse condicioná-lo a um caminho religioso, nem se opunha a que Vicentina o levasse regularmente ao terreiro de umbanda, onde o menino observava uma liturgia bem diferente. Moishele, ou Jorge, gostava muito dos tambores e dos pontos de macumba, e sentia falta deles quando estava na sinagoga.

Como Faiga e Mendel entre si só falassem em iídiche, Mendel tinha prazer em brincar com Moishele ensinando palavras do idioma, que foram se incorporando ao vocabulário nascente. Também não perdia ocasião de mostrar-lhe objetos diversos, dando o nome de cada um e, didaticamente, fazendo-o repetir. Com o passar dos anos, Moishele tornou-se o único negro da cidade a falar com fluência o idioma dos asquenazim, judeus do leste europeu e Alemanha. Foi crescendo sob duas culturas dentro da mesma casa, uma de caráter judaico, transmitida por Mendel, sem proselitismo, e outra através de Vicentina, que cultuava os orixás.

Em conversa com amigos, Mendel era às vezes questionado pelo fato de ter uma "macumbeira" praticante em casa. Não raro, Faiga também tocava no assunto da idolatria, deixando no ar uma leve insinuação de que as estatuetas de São Jorge e Iemanjá no quarto de Vicentina profanavam o lar judaico. Mendel sempre tinha a resposta na ponta da língua: "Durante séculos, e ainda hoje, continuamos sendo perseguidos por causa da religião. Não devemos nós, agora, ser os perseguidores; além do

---

13 Da oração hebraica "Baruch Ata", Bendito és Tu.
14 Xale de orações usado pelos judeus.

mais, a chegada de Vicentina nos proporcionou um verdadeiro milagre, salvou a vida de Yacov".

Era sempre emocionado que Mendel contava como Vicentina o tinha alertado para o perigo que seu irmão corria, simplesmente lançando o olhar sobre uma foto. Tinha de respeitar uma crença capaz de algo assim. Procurou informar-se sobre a umbanda e os orixás, aprendeu que São Jorge era Ogum e Nossa Senhora da Conceição, Iemanjá. E soube de vários judeus que frequentavam terreiros.

Um dia, em outubro de 1942, pediu a Vicentina para levá-lo ao Centro que ela frequentava. A Polônia estava sob ocupação alemã. Diante de um pai de santo em transe, envolto numa nuvem do fumarento charuto, e após minutos de aparente ausência, ouviu dele que o espírito de seu pai estava comunicando que toda sua família havia morrido numa grande matança. Nervoso, quis detalhes. Não estava entendendo, pois tinha pai vivo, não podia ser o espírito dele.

Subitamente, a voz se modificou. Mendel assustou-se ao perceber que era uma voz falando iídiche. Quase desmaiou quando ouviu que era seu pai quem falava, dando-lhe a notícia de que toda a família tinha sido executada pelos alemães, juntamente com toda a população de judeus da cidade. E pedia-lhe que rezasse o Kadish, a oração dos enlutados.

Mendel deixou o Centro chorando muito, sem conseguir falar. Chegou em casa trêmulo e febril, Vicentina tentando descobrir o motivo de tanta dor, não sabia o que Mendel tinha ouvido do espírito incorporado. Socorrido pela mulher, que lhe perguntou o que tinha acontecido, não pôde responder. Apenas balbuciava: "Meu pai..."

Até esse dia, embora preocupado com a invasão da Polônia, onde viviam seus familiares, não tivera notícias do extermínio. Achava que estavam bem, embora o país estivesse ocupado pelos alemães desde 1939 e as comunicações totalmente cortadas.

Depois de um sono profundo, pôde enfim contar a Faiga o que ocorrera no terreiro. Sua mulher não conteve a ironia:

— Era só o que faltava! O judeu Mendel, tão religioso, esteve na macumba e caiu doente por causa do que o macumbeiro disse... — em seguida procurou tirar aquilo da cabeça dele: — Uma desgraça tão grande? Não pode ser. Os alemães não iam matar todos os judeus da cidade assim, sem mais nem menos. Como não deu nada no rádio?

Mendel permaneceu convencido de que o massacre tinha acontecido. Mas novamente se preocupou: como contar isso aos outros poloneses sem cair no ridículo? Como explicar que um pai de santo tinha falado iídiche sem provocar galhofa?

Faiga tentou chamá-lo à razão. Afinal, nem a imprensa israelita dera uma palavra sobre o fato; sabia-se de perseguições, confinamentos, guetos, mas não de extermínio.

Mendel não esquecia a experiência da visão de Vicentina, que salvara o irmão e a mulher. E então teve certeza: sua família perecera nas mãos dos nazistas. Procurou os judeus mais proeminentes, os que tinham ligações importantes, e sondou-os sobre notícias da Polônia. Nenhum deles tinha ouvido falar em algo daquela magnitude. Cartas não chegavam mais, nada se sabia do que estava acontecendo lá. Continuou atormentado. Dava como consumada a execução coletiva, mas não tinha como reunir um *minian*[15] para rezar o *Kadish* pedido pelo pai.

No entanto, não desistiu, escudado no imperativo de que tinha uma obrigação a cumprir, uma certeza que só ele tinha. Numa sexta-feira chegou mais cedo à sinagoga e narrou toda a história ao rabino.

Não conseguiu mais do que uma reprimenda. O rabino o acusou de ofender a Torá, de adorar o "bezerro de ouro" por ir a lugar tão impuro. E recomendou que orasse muito, mas disse que faria melhor rezando por si mesmo.

Mendel caiu em depressão. Não se levantava da cama, não comia. Não quis ir ao médico. Não se abria com ninguém, recebia visitas e permanecia calado; os amigos iam embora consternados, com a impressão de que ele estava muito doente.

---

15 Quorum religioso de dez homens judeus, número mínimo para se fazer orações.

Foi definhando lentamente. Continuava ouvindo a voz falando em iídiche pedindo a oração dos enlutados, mas sem o *minian*, bloqueado pelo rabino, não podia rezar.

Numa tarde em que Faiga saiu para procurar um médico, Vicentina entrou no quarto dele, e a ela Mendel revelou a causa do seu mal: tinha de rezar por seu pai na sinagoga, ele pedira tanto isso através do pai de santo, mas o rabino rejeitara a manifestação ocorrida num terreiro e o acusara de ofender a religião.

Naquela mesma noite, Vicentina pediu ajuda aos orixás para aliviar o sofrimento de Mendel, pois temia pelo agravamento de sua saúde. E logo na manhã seguinte correu a contar a Mendel o sonho que tivera: uma entidade tinha aparecido e mandado dizer a ele que procurasse o rabino de novo, e lhe dissesse que também ele deveria rezar por seu pai, pois toda sua família tinha sido morta por homens fardados de negro com aquela braçadeira.

— Ele vai achar que estou louco e me expulsar da sinagoga — respondeu Mendel.

— A entidade disse ainda que "*ismalt*" tinha ficado com uma vizinha católica e estava bem — acrescentou Vicentina.

Mendel não entendeu o que poderia ser *ismalt*, não parecia nome de gente; soava mais como "*schmaltz*", espécie de gordura culinária tirada da galinha. A mensagem de Vicentina não fazia sentido, mas era o que ela tinha sonhado. "Ismalt estava bem", e ele tinha razões para acreditar, pois Yacov, lembrava sempre, estava a salvo na Argentina por causa de sua vidência. E as palavras em iídiche do pai de santo? Não tinha dúvidas de que era seu pai lhe pedindo para rezar o *Kadish* na sinagoga. Algo semelhante devia ter acontecido com a família do rabino.

Saiu da cama e voltou à sinagoga. Àquela altura, já corria à boca pequena que ele não estava bom da cabeça, estava *michiguene*.[16] O rabino mandou-o se sentar e deixou que falasse,

---

16 Do iídiche: doido.

predeterminado a piedosamente escutar seus delírios sem se alterar, e até fingir que acreditava no que ouvia.

— Rabino Meyer, desculpe incomodá-lo mais uma vez.

— Fique à vontade, Mendel, você não me incomoda.

— É que eu tenho uma mensagem muito importante para o senhor.

— Mensagem? De quem?

— De um orixá que apareceu no sonho de Vicentina.

— Quem é Vicentina?

— A minha empregada.

— E o que é um orixá?

— Uma entidade da umbanda.

O Rabino teve pena. Se antes tinha alguma dúvida sobre o boato que corria na sinagoga, agora, infelizmente, não tinha mais nenhuma. Penalizado, resolveu dar a Mendel um pouco mais de atenção antes de dispensá-lo.

— Pois bem, Mendel, diga, qual é a mensagem?

Mendel percebeu que o rabino o ouvia por benevolência. Sabia que todos o julgavam desequilibrado, mas prosseguiu mesmo assim:

— Desculpe a minha ousadia, mas acho que tenho o dever de falar. O orixá que apareceu no sonho disse a Vicentina que homens de farda negra mataram toda a sua família na Polônia.

O rabino, até então calmo e paciente, levantou-se imediatamente. Mendel tinha ido longe demais em sua loucura. Mas conseguiu se conter e pediu-lhe que fosse embora, que estava dada a mensagem.

Mendel se desculpou novamente e se despediu. Mas antes de sair, lembrou-se de mencionar um detalhe:

— Eu não sei o que isso significa, algo muito estranho, mas o orixá mandou dizer que *"smaltz"* ficou com a vizinha e está bem.

O rabino pediu que Mendel repetisse. Ao ouvir várias vezes que *"smaltz"* estava bem, chorou copiosamente. Depois, num lamento, disse:

— Mendel, você pode rezar o *Kadish* de seu pai, eu mesmo providenciarei o *minian*. E vou rezar também pelo meu — disse o rabino, convencido do fim de sua família.

Abraçaram-se, e Mendel foi embora sem entender a súbita mudança de atitude do rabino, que até então se mantivera irredutível diante de seu pedido. O que o teria levado a acreditar que era tudo verdade, que estavam todos mortos?

Mendel jamais poderia supor, nem o rabino lhe revelou que tinha um cãozinho na Polônia e o deixara com sua família. Seu nome era Schmaltz, por causa de sua cor parecida com a gordura da galinha, muito usada na culinária judaica. Nem mesmo um religioso graduado no estudo da Torá[17] e do Talmud[18] poderia ignorar que se tratava de uma mensagem sobrenatural legítima. Além do mais, já começavam a correr boatos sobre o extermínio de judeus poloneses.

Depois da guerra, quando toda a verdade veio à tona, o Rabino Meyer voltou à sua cidade, à sua rua, à sua casa. Estava habitada por gente desconhecida, mas na casa ao lado reencontrou Schmaltz, que o reconheceu. Por alguns minutos abraçou-o apertadamente e logo depois foi embora.

Durante o período de sete dias de reza pela alma de seu pai, Mendel levou Moishele à sinagoga consigo. Agora mais crescido, o menino se mostrou curioso, e perguntou a Mendel por que rezava junto com um grupo de homens, tendo de ir todo dia ao templo. Foi informado de que é obrigação de um filho rezar pelo pai quando este morre, e, muito inteligente, Moishele perguntou o que ocorre com os que morrem sem deixar filhos, inocente do fato de estar ferindo o próprio Mendel, que franziu o cenho, e, suavemente triste, respondeu que havia pessoas da sinagoga que faziam isso em troca de algum pagamento. Moishele não esqueceria essa explicação.

Como também frequentava a umbanda, percebeu que no "terreiro" de Mendel só havia homens rezando, enquanto no

---

17 Pentateuco, Livro de Moisés, Velho Testamento.
18 Livro de sábios contendo preceitos que regulam a vida judaica.

de sua mãe havia muitas mulheres cantando, e também que na sinagoga ninguém fumava charuto nem bebia cachaça. Acabou por se sentir igualmente bem como espectador tanto num ambiente como noutro. Nem Mendel o incentivava ao judaísmo, nem Vicentina à umbanda. O garoto apenas lhes fazia companhia, como se fosse com eles ao cinema ou teatro.

Mendel matriculou o garoto numa escola pública. Moishele já era "bilíngue", pois falava iídiche e português. Às vezes, em casa, até mesmo com a mãe, usava uma ou outra língua indiferentemente, pedia *broit* em vez de pão e *wasser* em vez de água. Então *broit* e *wasser* acabaram entrando para o vocabulário de Vicentina.

Na escola havia aulas de religião. A Igreja Católica tinha, à época, forte influência no ensino. E pela primeira vez Moishele ouviu falar de Jesus. A professora de religião era uma moça muito pálida, com cara de santa, um suave tom de voz. Adequadamente, se chamava Angelina, e Moishele gostava de suas aulas. Mas ficou assustado quando ouviu que existia pecado, muitos pecados. Era tanta coisa proibida! Sob pena, outra novidade para ele, de ir para o inferno! Mas com o diabo, muito citado pela santinha como uma figura malvada, sempre tentando os homens para levá-los a pecar e perder suas almas, não se assustava. Via-o sempre quando ia ao terreiro com sua mãe, todo pintado de vermelho e preto, e já estava familiarizado com o coisa-ruim, esse medo não o afligia.

Gostava do olhar de Jesus, com seu brilho intenso, irradiando bondade e iluminando o mundo. A santa imagem, com seus loiros cabelos caídos nos ombros e braços bondosamente estendidos, era um chamamento paternal, para brancos e negros, com certeza. Quanto ao agônico crucificado... Não entendia como puderam fazer aquilo com alguém tão bom.

Havia um padre que regularmente percorria as turmas, com sotaque espanhol. Era radical e falava com raiva, chegando a dizer que os judeus é que tinham matado Cristo. Moishele ficou nervoso com essa afirmação; em sua cabeça surgiu um torvelinho de contradições que não encontravam resposta. Mendel era judeu, não podia acreditar que ele tivesse matado Jesus. Quando chegasse em casa, a primeira coisa que iria fazer era perguntar a ele. E foi o que fez:

— Mendel, você matou Jesus Cristo?

Mendel logo entendeu. A acusação de povo "deicida, assassino de Jesus", persistira por séculos como pretexto para todo tipo de violência contra o povo de Abraão. Aqui e ali ainda brotava em bocas raivosas, como uma espécie que parece extinta, mas que, de repente, dá o ar de sua graça. A fisionomia triste e o ar de decepção do garoto comoveram Mendel. É claro que não podia responder diretamente a algo assim, tão acima do entendimento infantil. Tinha de valer-se de um subterfúgio à altura do interlocutor:

— Moishele, eu tenho cara de quem já matou alguém? — e pegou um revólver de brinquedo. — Eu nem tenho revólver, você é que tem esse aqui, você matou Jesus?

— Eu não! — desfechou Moishele.

Mendel então o abraçou, e juntos riram aliviados. Estava provisoriamente superado o caso do "assassinato" de Jesus pelos judeus.

Depois de conviver com o judaísmo e o umbandismo mediúnico dentro da mesma casa, o contato com o cristianismo católico na escola trouxe perplexidade e confusão à cabeça de Moishele. Pela primeira vez estava ouvindo que havia um só caminho para a salvação, e "ai" daquele que não fosse batizado, iria "queimar na fogueira do inferno!" — e Moishele se encolhia de medo do padre espanhol, que nos momentos mais assustadores de sua raivosa pregação não tirava os olhos dele, pois sabia que aquele aluno era filho da macumbeira que trabalhava na casa de uma família judia.

Como nada escondia de Mendel, com quem mantinha uma relação totalmente descontraída, Moishele contou-lhe também sobre essas aulas, e que tinha ficado com medo de ir para o inferno. Confessou ter pecado: não desviara o olhar ao ver pela janela uma mulher nua na casa vizinha.

— Eu vou para o inferno? — perguntou.

Brincalhão, Mendel fez cara de sério.

— Claro! Claro que vai! E sabe de uma coisa? Eu também vou! Porque quando era garoto, no verão, espiava por cima do muro para ver duas irmãs tirando a roupa na casa ao lado, quando demoravam a fechar a janela do quarto — assim, logo se dissipava o medo das profundezas e, como sempre, tudo terminava em risos e abraços.

Mendel achou que, por questão de justiça, não podia sonegar-lhe o contato com a religião cristã, deixou que o futuro e o livre-arbítrio determinassem o que tinha de ser. Num domingo de manhã, levemente tenso, levou Moishele à igreja, à missa das oito. Mas não soube responder quando Moishele perguntou baixinho se não precisavam molhar a mão e o rosto numa bacia logo na entrada, como as pessoas estavam fazendo.

Sentaram-se na ponta de uma das últimas fileiras. Atrás, alguém tocou Mendel no ombro e, pondo a mão na própria cabeça, informou-o educadamente sobre o "gorrinho". Encabulado, Mendel percebeu que não tinha tirado a *kipá*.

Moishele, encantado, percorria com olhos a fileira de santos dispostos lateralmente na extensão da nave. Acostumado ao vazio da sinagoga, que tinha tão pouca coisa para se olhar, ficou impressionado com tantas estátuas coloridas. Concluiu então que a sinagoga era meio sem graça, tinha apenas homens rezando com um livro na mão e um pano listado cobrindo as costas.

Duas coisas o comoveram bastante na igreja: aquele pobre Cristo pregado na cruz escorrendo sangue e um outro santo, cujo nome não sabia, com três flechas no peito. Bateu-lhe uma curiosidade: *Por que algumas pessoas vão à sinagoga e outras à igreja? Por que na sinagoga não tem o Cristo pregado na cruz? Por que no terreiro de sua mãe batiam tambor e todos dançavam?*

Quanto ao judeu e ao filho da macumbeira juntos assistindo à missa... era inevitável que repercutisse o sacrilégio, principalmente entre certo grupo de mulheres muito assíduas e devotíssimas, que se sentiam, ou se fingiam de incomodadas com aqueles dois corpos estranhos, indiferentes ao sermão e aos sacramentos, que não se levantavam quando o sacerdote mandava nem jogavam moeda na sacolinha.

A presença dos dois "impuros" na igreja do bairro provocou um movimento de reação entre as beatas. Chegaram a reclamar com o pároco, mas este respondeu que não podia impedir a entrada de impuros, hereges ou pecadores, ao contrário, era "para salvar suas almas que a Igreja existia".

As mais empedernidas não se conformaram com a contaminação. Como comungar em paz tendo aqueles dois curiosos de mãos dadas, parecendo pai e filho, espiando o altar como se estivessem numa casa de espetáculos? Tudo isso resultou num conflito na feira-livre, poucos dias depois. Duas dessas beatas toparam com Vicentina, junto a uma barraca de legumes:

— É você que trabalha na casa do judeu?

Vicentina fechou a cara:

— Sou a empregada do *seu* Mendel.

— Você é macumbeira, não é?

— Não é da conta de vocês.

As beatas insistiram, metralhando:

— Você tem que batizar aquele menino, abandonar a macumba. O que o judeu foi fazer na missa com seu filho?

— O que *seu* Mendel faz é de acordo comigo.

— Não sabe o que acontece com a criança que não é batizada?

— Não sei, nem me interessa saber.

— Não se livra do "pecado original" e não vai *pro* céu, a alma dele fica por aí penando.

— Não se preocupe, ele tem proteção do orixá.

— Lá vem você com *macumbaria* de novo, quem é da igreja não acredita nessas coisas.

Nesse ponto Vicentina encerrou a conversa:

— Vocês não têm roupa pra lavar em casa, não? — deu-lhes as costas e as deixou falando sozinhas.

Na semana seguinte, apareceu um "despacho" na alameda que dividia a rua onde moravam as vizinhas beatas. Foi um alvoroço total.

— Foi aquela macumbeira do judeu! — vociferaram as duas, considerando que não precisavam investigar muito para encontrar a óbvia culpada que ali baixara a garrafa de cachaça, as velas, os charutos e que tais.

Os familiares, aparentando falsa tranquilidade, se revezavam em idas e vindas à janela para saber se "aquilo" ainda estava lá, pois já era hora de o lixeiro passar e levar. Mas o gari chegou, olhou "aquilo" respeitosamente, varreu em torno e saiu levando o lixo sem tocar no despacho.

— Tira esse troço daqui! — as beatas gritavam, apontando a "macumba" e exigindo a remoção.

O lixeiro fez que não ouviu, mas devido à insistência respondeu com um "não" incisivo, movendo firmemente o dedo indicador para lá e para cá. E seguiu seu caminho, deixando ao pé da árvore o indesejado depósito. Indiferente aos protestos e xingamentos, imprimiu velocidade máxima à sua carrocinha e dobrou na primeira esquina.

As beatas entraram em pânico. Ao sair de casa, faziam o sinal da cruz e desviavam o olhar. Pediram socorro ao padre Félix, que aproveitou para incluir em sua homilia um pesado bombardeio contra satanás, "que se apresenta aos homens sob disfarces os mais variados; é preciso saber reconhecer os agentes do maligno, pois costumam aparecer muitas vezes como criaturas inofensivas, e podem estar bem perto dos nossos narizes". Prosseguindo, insinuou sem sutileza que o mal estaria na casa de Mendel: "Podem ser até nossos próprios vizinhos que não têm Jesus no coração!" E para terminar anunciou que, pessoalmente, munido de aspersório e turíbulo, iria espargir água benta e incensar vapores sacramentados sobre toda a extensão da alameda onde o demo se manifestara.

Uma pequena cruzada partiu em direção ao sítio a ser purificado, e no caminho passaram pela casa de Mendel, onde Vicentina regava as plantas. Do meio do grupo em movimento partiram alguns gritos anônimos, chamando-a de macumbeira. Vicentina apenas olhou de soslaio. Os gritos pararam. Só depois de a "endemoninhada" ter entrado em casa foi que o próprio

padre sacou de baixo da sotaina um enorme crucifixo dourado e, erguendo-o bem alto, corajosamente, deu seu grito de guerra:
— *Vade retro!*

E assim peregrinou a procissão do pároco e seus fiéis acólitos por todos os logradouros próximos, sempre sob os aplausos dos que vinham à janela para dar seu apoio à guerra santa paroquial. Passaram militarmente pela árvore contaminada, onde ainda eram visíveis restos do "trabalho" posto pelo emissário do maligno. Até o padre foi em frente, desviou o olhar e fez que não viu. Mas, por segurança, já vários metros adiante, aspergiu boa quantidade da água purificadora para trás e balançou bem o turíbulo, contando com a providencial ajuda do vento, que soprava a favor do incenso sacramental.

Mendel conhecia de perto esses fantasmas semimortos da Inquisição. Em sua cidadezinha da Polônia, oculto na janela entreaberta, observava a passagem das procissões, e ai do judeu que se intrometesse em seu caminho ou parasse para ver o cortejo. Na Semana Santa arriscava a pele aquele que, por imperiosa necessidade, fosse à rua e caísse na vista de fiéis mais exaltados. Não eram poucos os linchamentos de "assassinos de Cristo". Mendel, às vezes, questionava as "linhas tortas" do Senhor: *Por que puseste perigosamente na Polônia quase todo o Teu rebanho? Num lugar de predadores antissemitas?* Compartilhavam o mesmo solo poloneses católicos de mil anos e judeus, dois povos mutuamente desconfiados, duas línguas diferentes e duas religiões incompatíveis. Tiveram dois destinos violentamente distintos: o primeiro foi subjugado, o segundo, exterminado. Esse mesmo dilema espacial, dois povos para um só terreno, se prolongaria através dos tempos, e envolveria mais tarde os judeus no Oriente Médio, em choque com o povo palestino.

No século XX, foi a miséria que tangeu providencialmente milhares de hebreus para as Américas, em salvadoras diásporas individuais. Foi como sair do alcance de um vulcão, o nazismo, que logo iria expelir suas lavas escaldantes. Ao buscar nova vida numa nova terra, literalmente, se salvaram, Mendel entre eles. Quase três milhões, porém, lá ficaram inocentemente.

Mendel não se preocupava com o futuro religioso de Moishele. Seria ele judeu, umbandista, católico? Era um iluminista, não impunha sua religião nem impedia o acesso de Moishele a qualquer outra, mas o orientava quanto aos princípios comuns às diversas crenças que, sob nomes diferentes, designavam a mesma divindade. Em casa, por estar plenamente integrado, o garoto participava indiretamente das orações e liturgias domésticas, como o *Shabat*. Sob o mesmo teto, em compartimento separado, acompanhava desde bebê os cânticos africanos da mãe e aspirava seus incensos. Mais tarde, habituado à catequese na escola, Moishele passou a gostar das histórias evangélicas, muito impressionado com a ressurreição de Lázaro, a transformação da água em vinho, a multiplicação dos pães, e, sobretudo, o caminhar sobre as águas. Sentia-se cativado e incluído quando ouvia o "vinde a mim as criancinhas".

No Brasil da primeira metade do século XX, o catolicismo era praticamente uma religião oficial e, por que não dizer, social também. *Do ponto de vista prático*, pensava Mendel, *ser católico era o "melhor negócio" para Moishele, uma discriminação e uma perseguição a menos*. Não desestimulava o contato do menino com o cristianismo, pois não se julgava dono da verdade. E refletia: *o que importa, por enquanto, é botar todas as cartas na mesa, "não puxar o fogo para a minha sardinha"*. Na época, as pessoas tinham constrangimento ao declarar outra fé que não a católica, e isso o preocupava. Fichas burocráticas eram preenchidas com o item "religião", uma forma de excluir não católicos das boas colocações. Também por razões práticas, nessa hora, quase todos os candidatos eram ou declaravam ser católicos.

Influenciado certamente pelas aulas de religião, Moishele manifestou o desejo de rezar antes de dormir. Pediu a Mendel que o ensinasse, pois gostava de ouvir o Pai-Nosso na escola e também as orações judaicas que, desde pequeno, sabia de cor: *Baruch ata Adonai...*[19] Também nesse caso Mendel não privile-

---

19 Bendito és Tu, ó Senhor.

giou nenhuma crença na captação da alma do menino. E preparou para ele uma reza especial, um tanto truncada, sequência mista de suas três influências. Ao deitar-se, Moishele dizia, ajoelhado: *"Baruch ata Adonai...* Pai-Nosso que estais no céu, orixás do mar e da Terra..."

Mendel estava dando tempo ao tempo. Quando crescesse e pudesse avaliar melhor a vida, ele próprio escolheria uma religião. Ou não. Apesar de envolvido por três religiões diferentes, oficialmente Moishele não era nem judeu, nem católico, nem umbandista. Era apenas "ouvinte" das três. Mas passou a distinguir com mais precisão os sinais visíveis nos cultos: as vestimentas brancas nos terreiros, o traje comprido e reluzente do padre ao celebrar a missa, o pano largo e listado que cobria as costas dos israelitas, a ausência de passes e água benta nas sinagogas, a "bolachinha" que engoliam da mão do padre.

Uma coisa que o deixou muito intrigado foi a missa de sétimo dia para os mortos, em alguns casos também de trinta dias e de um ano. Achou muito pouco para um ente querido, pois na sinagoga tinha testemunhado a reza pelos falecidos praticada diariamente durante onze meses, além dos sete dias de luto, alguns orando até três vezes por dia nesse período. Será que a missa dos católicos era tão mais forte assim, bastando uma ou duas para resolver o futuro dos que se foram? Por que era preciso um número tão grande de "missas" para os judeus? Acaso tinham mais pecados?

Os católicos ou iam para o céu ou para o inferno, às vezes com passagem por um lugar chamado purgatório. Os judeus tinham que esperar até o mundo acabar para serem julgados no Juízo Final, e aí sim, saberiam seu destino. Notou ainda que à porta da igreja havia pobres pedindo esmola, mas na sinagoga não. Será que não tinha judeu pobre? Outra coisa desconcertante: a figura principal para os católicos era Jesus Cristo, que era judeu. Mas tinham muitos outros santos. Os judeus só rezavam para Deus, não tinham santos nem orixás.

O que mais o atraía no judaísmo ocorria semanalmente, em casa: a ceia do *Shabat*. Desde criancinha era fascinado pelo longo brilho das velas, o rosto de Dona Faiga coberto por um véu, as mãos rodeando os castiçais de prata e, sobretudo, as comidas, que ela própria fazia questão de preparar.

E continuava pesando as vantagens de uma e outra religião: os católicos tinham o céu, bastava não pecar muito. Mas tinham de esperar a morte para ir para lá. Os judeus tinham o *Shabat* garantido, aqui, todo fim de semana. Os judeus tinham um dia por ano em que não podiam comer nada, os católicos não comiam carne na sexta-feira, quando apenas comiam peixe; a páscoa dos cristãos era muito melhor: enquanto os judeus comiam ovo e verdura amargosa, os católicos comiam ovos de chocolate. Todo esse "pode, não pode" o deixava pensativo, pois o próprio Mendel trazia-lhe enormes ovos de Páscoa e, no Natal, que celebrava o nascimento de Cristo, dava-lhe muitos presentes.

Essa divagação em torno das sutilezas e peculiaridades de cada devoção era indício de que Mendel estava alcançando seu objetivo: deixar que Moishele adquirisse o paulatino conhecimento de cada uma, e que a sabedoria do tempo determinasse sua opção. Empiricamente, o estava conduzindo a ser um livre pensador.

A religião de cada indivíduo é quase sempre um prato feito: a dos pais será a dos filhos, a dos filhos a dos netos e por aí afora... O batismo, sob qualquer forma, é uma "conversão" compulsória de alguém que ainda vai demorar muito até ser capaz de pensar por si. Uma vez batizado, ou coisa que o valha, seguirá automaticamente os passos da corrente religiosa que lhe coube — comunhão, *bar-mitzvá*, casamentos na igreja ou sinagoga e respectivos funerais —, e quem escapa à linha pré-estabelecida merece a qualificação de ovelha desgarrada. Moishele era um caso raro.

Em permanente trauma existencial, Faiga se mantinha neutra, não conseguia ter voz ativa na vida do filho de Vicentina. Era uma mulher magra, ruiva, razoavelmente bonita, rosto pontuado por algumas sardas. Chegara ao Brasil com Mendel, não apaixonados, mas já necessitados um do outro diante do imenso desconhecido, depois de trinta dias de apreensão a bordo. Tinha saído da Polônia noiva por arranjo, para casar-se com um primo que só conhecia de fotografia e que a esperava do outro lado do Atlântico.

Quando desembarcaram, lá estava o "noivo", Leon, com um ramo de enormes girassóis na mão. Reconheceram-se, mas o pobre príncipe encantado, que ficou entusiasmado assim que a viu, quase caiu em prantos quando ouviu dela a notícia de rompimento do compromisso epistolar. Faiga disse o quanto lhe era grata, mas tinha acontecido algo que ela não poderia prever: durante a longa viagem, tinha conhecido e gostado de outro homem. E o consolou, disse que ele era bem-apessoado, não demoraria a encontrar outra noiva...

Refeito do golpe, Leon abordou o lado prático da questão:

— E os gastos da viagem? A passagem, os custos da papelada?

— Faço questão de cobrir todas as despesas — interveio Mendel.

Frustrado, mas reembolsado, o ex-noivo deixou cabisbaixo o cais da Praça Mauá, levando de volta os girassóis, que não jogou fora.

Depois da Guerra, a notícia do extermínio de sua família deixou a pobre Faiga em profunda depressão. Amparou-se totalmente em Mendel, seu guia para o mundo exterior, o que houvesse além do portão da casa. Ainda lhe causava mágoa a presença de Moishele, atraindo atenções do marido, mas não interferia na relação deles. Não era hostil ao garoto, apenas indiferente. Demorou a sentir afeto por ele, o que ocorreu de forma casual.

Havia chegado um grande circo na cidade. Mendel viu a propaganda do espetáculo e lembrou-se do único circo que conhecera, na Polônia, e que só vira por fora, não tinha dinheiro para o ingresso; tentou passar por baixo da lona com outros garotos, mas não conseguiu, foi seguro por um vigia. Agora, havia outro circo e ele podia pagar.

Tinha chorado bastante, ainda chorava. Seria uma traição aos gaseados estar num lugar assim? As lembranças cruéis, mas não presenciadas, tendiam a se acomodar na comunhão de todos os que, de repente, viram suas famílias reduzidas a amareladas fotografias trazidas nas malas. Essa natureza defensiva da memória lhes permitia comparecer a um lugar em que as pessoas iam apenas para rir e se divertir — truques da mente humana.

Superou a dor e a culpa. A curiosidade acumulada por décadas o acicatava; não sabia como era um circo por dentro e nunca tinha visto um palhaço, o que mais desejava. Não foi fácil se decidir, mas não era justo pensar só em si; imaginando as risadas de Moishele, sua consciência mesclou a própria vontade com uma espécie de obrigação paternal. Faiga não se opôs, sempre apática e indiferente a tudo, e acompanhou o marido.

Sentados na arquibancada, debaixo de um teto de lona verde, Mendel, Moishele e Faiga não resistiram ao espetáculo. Foi como ver o mar pela primeira vez. Faiga até demorou, mas entregou os pontos quando o palhaço deu um pontapé na bunda do comparsa, que tinha o cabelo e o bigode de Hitler.

Na saída, pisando o chão coberto de serragem, antes que topassem novamente com a vida real, Moishele, abastecido de felicidade, levado pela mão de Mendel, esticou a outra mão e segurou a de Faiga, que a apertou carinhosamente. Moishele tinha agora duas mães. Com mais de cinquenta anos, Faiga sentia pela primeira vez um pouco de emprestada maternidade, "mãe" fugaz de uma criança que há um bom tempo vivia em sua casa. A judia Faiga era agora a iídiche *mamma* retardatária de um menino negro de sete anos de idade, em condomínio com a mãe natural, a umbandista Vicentina, que aceitou sem ciúmes o novo jeito da patroa.

O despertar de Faiga fez aflorar, potencializado, o instinto latente que rege há séculos a relação materno-filial judaica. A primeira mudança em seu comportamento foi, logicamente, de natureza culinária: passou a entupir Moishele de comida. Começou a fazer um bolo atrás do outro, era só ele aparecer e lá vinha ela com qualquer coisa de comer. E fazia questão de que nada sobrasse no prato. Achava-o muito magro. Por isso, além de fazer bolos, acompanhava com vigilância cada refeição dele.

— Come tudo, come tudo! — repetia, com certo fanatismo.

Diplomático, reconhecendo nela agora uma nova pessoa, mais saudável, Mendel procurou contrabalançar a obsessão da mulher, evitando que o menino engordasse demais.

O desenvolvimento escolar de Moishele também a preocupava. Conferia o boletim, os cadernos, fiscalizava a execução do "trabalho de casa". E já vislumbrava um futuro brilhante para o "filho", que haveria de ser — por que não? — médico ou engenheiro, primário desejo das mães judias. Para se aproximar mais dele, comprou livros de iídiche e passou a ensinar-lhe o idioma. Já familiarizado com a língua diária de Mendel e Faiga, Moishele foi duplamente alfabetizado, e essa condição de poliglota provaria ser bastante útil em diversas ocasiões futuras. Numa delas, salvou Mendel de um grande prejuízo financeiro.

Certa noite, dois irmãos, empresários muito importantes da comunidade israelita, vieram à casa de Mendel. Encantado com tão ilustres presenças — *Saul e Samuel Epstein em minha casa... quem diria?* — providenciou logo seu melhor licor e pediu a Faiga para servir biscoitinhos.

— O que será que eles querem? — cochichou ela, desconfiada.

— Seja lá o que for, vindo de gente tão alta, há de ser coisa boa — respondeu Mendel.

De fato, havia motivos para tamanha excitação. Saul e Samuel Epstein eram figuras proeminentes entre as mais importantes entidades, máximas referências entre os judeus locais. No meio comercial, eram sinônimo de correção e pujança financeira. Só estar fisicamente perto deles já envaidecia qualquer um.

— A que devo a honra desta visita? — perguntou um Mendel sorridente.

Saul foi direto ao assunto:

— Estamos comprando um grande terreno na zona sul.

Vamos levantar um hotel, o maior prédio já construído no Rio de Janeiro. Já temos praticamente todo o dinheiro que precisamos para fechar o negócio, digo "praticamente" porque verificamos que falta ainda uma pequena parte, dez por cento do valor total.

Samuel prosseguiu:

— Então, nós pensamos: por que não selecionar alguns respeitados patrícios em vez de pedir aos bancos? Sabemos que a Caixa Econômica paga um *drek*[20] de juros aos depositantes. Como somos pessoas reconhecidamente sérias e todos confiam no nosso modo de conduzir os negócios, estamos aceitando empréstimos, por apenas sessenta dias. Ninguém ignora que é garantido, pois se trata de um negócio com Saul e Samuel; pagaremos juros um pouco acima do mercado por se tratar de um *guesheft*[21] de absoluta segurança, e honraremos as promissórias na data exata do vencimento, nem um dia a mais.

Mendel se desmanchou em agradecimentos por ter sido lembrado. Fazia questão de já entregar aos dois uma boa soma em dinheiro, que tinha em casa. No dia seguinte retiraria o depositado na Caixa Econômica. *Saul e Samuel em minha casa...* — repetia, vaidoso, para si mesmo, caminhando em direção ao quarto onde estava o cofre.

Enquanto isso, ignorando por completo o jovem negro que a um canto da sala mexia num abajur — *por certo algum empregado* — os figurões, falando descontraidamente em iídiche, recapitulavam e se vangloriavam dos volumosos empréstimos que já haviam angariado, tripudiando da boa-fé dos que tinham acreditado neles.

— Já temos mais dinheiro do que planejamos arrecadar — falou Saul.

— Pudera! — zombou Samuel. — Com essa conversa que você tem e com nosso passado comercial tão respeitável, só falta eles suplicarem para nos emprestar dinheiro.

---

20 Do iídiche: "merda".
21 Negócio.

— Em menos de uma semana, os que hoje até beijam nossas mãos vão nos amaldiçoar até a última geração. Passaremos de homens acima de qualquer suspeita a reis da vigarice — acrescentou Saul, cinicamente.

— Mas nessa hora, nossos ouvidos já estarão longe dos xingamentos; primeiro Buenos Aires, depois Europa, e finalmente Israel, onde já estará todo o "nosso capital" — ironizou Samuel.

— Pensando bem, até que não enganamos ninguém. Pedimos dinheiro para levantar um edifício, um hotel, e é o que vamos fazer. Só que não será em Copacabana, mas em Tel Aviv, um simples detalhe geográfico — finalizou Saul, não contendo o riso.

Samuel a muito custo se conteve e não o acompanhou. Moishele deu por terminado o conserto do abajur e, "invisível" para os dois, que por todo o tempo ignoraram sua presença tão próxima, foi direto ao quarto em que Mendel, com o cofre aberto, contava o dinheiro.

— Mendel, preciso falar uma coisa pra você — disse Moishele.

— Sim, sim... — respondeu Mendel sem interromper a contagem.

— Aqueles dois são vigaristas.

—Vigaristas? De quem você está falando?

— Daqueles dois lá na sala.

— Saul e Samuel?

— Não sei o nome deles, só sei que são vigaristas e estão tramando um golpe pra ficar com seu dinheiro.

— Você ficou doido, Moishele? Saul e Samuel Epstein são os homens mais respeitados da nossa coletividade. São grandes homens de negócio, e sempre honraram seus compromissos. Meu dinheiro na mão deles está tão seguro como se estivesse no meu cofre. De onde você tirou uma coisa dessas? Esquece, você está redondamente enganado.

Faiga, que à distância ouvia a conversa, interveio:

— Deixa o Moishele falar, Mendel.

— Está bem. Fale, Moishele. Por que você está levantando uma acusação tão grave contra gente tão honrada?

O jovem reproduziu a conversa que acabara de ouvir.

— Você entendeu isso tudo em iídiche? — Mendel se espantou, surpreso com a fluência do menino no idioma.

Ficou convencido. Salvo no último minuto de uma catástrofe financeira, Mendel o abraçou e mais do que nunca o considerou seu filho. Faiga, orgulhosa, juntou-se aos dois, e festejaram aquele breve momento de união familiar.

Restava agora desvencilhar-se dos dois pilantras, que já davam como favas contadas mais um sucesso de suas tramoias à custa da boa-fé dos, até então, confiantes investidores e admiradores incondicionais. Mendel voltou à sala fingindo sentida decepção:

— Meus queridos amigos, infelizmente não será hoje que terei a honra de me associar a tão importante empreendimento. Me perdoem, mas o dinheiro que eu vinha guardando no cofre, minha mulher depositou ontem mesmo na Caixa Econômica. É que houve um assalto aqui perto e ela achou melhor não ter tanto dinheiro em casa. Mas amanhã mesmo, na primeira hora, vou ao banco fazer uma retirada e levar ao seu escritório.

— Faça isso o mais cedo possível, pois estaremos muito ocupados atendendo nossos patrícios, que continuam nos procurando para investir, inclusive o Rabino Meyer, que já deixou conosco uma parte de suas economias e amanhã vai nos trazer mais um pouco — disse Samuel.

— Isso não me surpreende; quem conhece Saul e Samuel Epstein, sabe que não vai encontrar lugar melhor para aplicar seu dinheiro. Estarei lá amanhã, sem falta, bem cedinho — acrescentou a quase vítima, teatralmente. E se despediram desta vez com mútua hipocrisia.

— *Shalom!*

— *Shalom!*

Mendel sequer ousou consultar os amigos sobre as investidas financeiras de Saul e Samuel. Sua desconfiança seria recebida como heresia: "Você está *michiguene*, Mendel, o que deu na sua cabeça? Como pode alguém, principalmente um judeu, imaginar algo tão absurdo? Acreditamos mais neles do que no Banco do Brasil", responderiam. Não compareceu ao escritório da dupla como combinado. Telefonaram insistentemente, mas ele não atendeu, Faiga sempre dava uma desculpa para sua ausência. Resistiu ao assédio telefônico, mas houve momentos em que chegou a duvidar da versão de Moishele.

Talvez não resistisse por mais dois ou três dias. No auge da dúvida, porém, passando pela Praça Onze, notou grande alvoroço, vários grupos manifestavam sentimento de revolta por algo que tinha acontecido. Aproximou-se, e viu que era a dupla o motivo da cólera coletiva: Saul e Samuel Epstein haviam fugido com as aplicações de boa parte da comunidade israelita, nem o rabino escapou. Salvaram-se apenas aqueles que não tinham dinheiro guardado. Ninguém sabia para onde eles tinham ido. Especulava-se: Estados Unidos ou Israel?

A revolta era mais dolorosa porque as vítimas dos dois algozes financeiros, por várias razões, deveriam permanecer em silêncio. Primeiro, porque as notas promissórias eram agora apenas pedaços de papel, sem força para alcançar os devedores. Depois, porque se a notícia do golpe chegasse à imprensa alimentaria a fogueira do antissemitismo, sem falar que a origem de tanto dinheiro poderia ser questionada pelo Fisco. Nessas horas, a vaidade e a jactância funcionam em sentido inverso. Alguns lesados não acusavam o valor real do montante perdido, procuravam falsamente amenizar a pancada declarando-se roubados em "pouca coisa", afirmando que Levy, Ytzek, Natan, haviam perdido muito mais.

Mendel se afastou daquele "muro de lamentações". Sentia-se aliviado, mas assustado, como os que escapam por pouco de algum grave acidente. Procurou extrair uma lição do ocorrido: "Em assunto de dinheiro nunca mais vou confiar em alguém, os que mais parecem honestos é que são os mais perigosos; a vida é cheia de armadilhas, estamos muito bem agora, mas de repente podemos estar no fundo do poço, como esses desesperados da Praça Onze. Quem poderia imaginar que Saul e Samuel, honrados membros da comunidade, não passavam de refinados trapaceiros? Enganar seus próprios irmãos..."

Recapitulou a engrenagem dos fatos desde o dia em que vira aquele bebê apanhando chuva no colo da mãe, como os cobrira com seu guarda-chuva e os mandara entrar. Chegasse um minuto antes e não os teria encontrado, seu filho Moishele não teria entrado em sua vida e agora estaria arruinado. Quanto ao dinheiro guardado em casa, bem mais do que o necessário, questionou se algum preceito talmúdico não fora quebrado. Pensou: *Por mais que o tempo passe, a gente esquece que o dinheiro é um meio, não um fim; isso deve estar em alguma parte do Talmud, e se não está, bem que deveria.*

Enquanto dirigia para casa remoendo o episódio, lembrou-se de que nunca, desde que chegara ao Brasil, havia feito sequer uma viagem mais longa; por economia, nunca tinha saído do país. Agora, rico, era hora de viajar sem olhar o custo. Pensava principalmente nos infelizes que tinham perdido tanto nas mãos dos dois vigaristas. *De quantas coisas teriam se privado para juntar aquele montante que se evaporou!*

Comunicou sua ideia a Faiga e a Moishele. Faiga, de início, se alegrou, imaginando que iriam a São Lourenço ou Caxambu, mas, ao contrário de Moishele, retraiu-se quando Mendel lhes disse que desejava ir à Europa e a Israel. Faiga então declarou seu medo insuperável de avião, não poderia acompanhar o marido. Sugeriu que fossem os dois, ele e Moishele. Vicentina deu seu apoio, e ficou resolvido: Mendel viajaria dentro de três meses, em julho, durante as férias escolares.

5. A VIAGEM

Mendel vinha de Ostow, lugarejo da Polônia. Londres, Paris e Roma eram ainda para ele apenas nomes, inacessíveis como a lua. Moishele, ansioso, percorreu as principais atrações turísticas por antecipação, através de toda literatura que encontrou. Começariam pela Itália.

Vicentina estava orgulhosa. Nunca imaginara seu filho dentro de um avião, voando por cima do mundo. Pediria proteção a todos os orixás. Mendel agradeceu:

— Ótimo! Ao lado dele no mesmo avião eu também estarei protegido.

A bordo, a longa viagem de avião deu lugar a uma conversa entusiasmada sobre o Velho Mundo. A curiosidade de Moishele sobre o continente europeu, ao mesmo tempo em que o animava, deixava Mendel desconcertado, devido a questionamentos geográficos. Sim, ele, Mendel, era um europeu, mas, por circunstâncias da vida, nada sabia dos outros países, pois só saíra de Ostow para emigrar. E fugia das perguntas de Moishele como todo pai que não quer passar vergonha diante do filho. Quando pressionado, saía pela tangente:

— Calma, menino, não estrague a surpresa, logo, logo, estaremos lá e você poderá ver com seus próprios olhos.

Estranhava a insistência de Moishele em perguntar sobre o Vaticano. Embora familiarizado com o umbandismo de Vicentina, e também envolvido com o judaísmo de Mendel, mostrava-se ansioso para ver a Santa Sé. E não era para comprar uma lembrança, algum objeto religioso para Vicentina, pois ela dizia que não gostava de padre.

Por sorte, chegaram à capital italiana num domingo, dia em que o Papa Pio XII vinha à janela para dar sua bênção *urbi et orbe*. Apertados na multidão, viram finalmente o aceno do Sumo Pontífice — estava cumprida a primeira obrigação, religiosa ou turística, de quem vai a Roma.

Faltava adentrar a Basílica de São Pedro. Respeitosamente, Mendel não se esqueceu de tirar a *kipá* assim que colocou os pés na nave imponente. Moishele, boquiaberto, não pôde deixar de comparar tanta grandiosidade à pequena sinagoga e o centro de umbanda que frequentava. Tendo uma pitada de catolicismo por causa das aulas de religião na escola, perguntou a Mendel se podia fazer uma oração.

— Claro! Afinal, quem começou tudo isso foi aquele judeu ali crucificado! — apontou Mendel, brincando, mas um tanto vaidoso.

Por falta de hábito, Moishele não sabia de cor uma reza cristã inteirinha, mas, num esforço de memória, conseguiu dizer o Pai-Nosso com poucas lacunas. As visitas à Basílica do Vaticano e à Capela Sistina impressionaram o adolescente; atordoaram-no tanta magnificência e beleza, emocionou-se ao encontrar soberbas obras de arte feitas por mãos humanas. Só tendo visto humildes terreiros de umbanda, pequenas sinagogas e uma ou outra igreja de bairro, nem de longe imaginava que algo assim pudesse ser construído em nome de uma religião. Diante de maravilhas como a "Pietá", na Catedral de São Pedro, o pescoço esticado para o céu, extasiado com os afrescos de Michelangelo no teto e nas paredes da Capela, avaliou se queria ou não fazer parte daquilo.

Seria aquela a religião verdadeira? Tão poderosa... Sabia que não veria nada igual àquele Deus estendendo a mão ao primeiro homem da criação. Moishele tinha inclinação estética, já ficara impressionado com fotos das igrejas cristãs em livros e revistas, principalmente as góticas, com seus arcos sustentando pilastras que se elevavam ao céu — eram como setas indicativas de inspiração sobrenatural. Quis saber de Mendel se os judeus tinham templos desse tamanho. Mendel não perdeu a chance de uma leve ironia, ciumento do deslumbramento de Moishele com as catedrais.

— No momento, não. Já tivemos dois bem grandes, mas "eles" vieram e destruíram tudo.

— Quando foi isso?

— Há mais de dois mil anos, em Jerusalém.

— E os judeus? Ficaram sem lugar para rezar?

— Bem... aproveitamos um grande muro que sobrou, mas lá temos que rezar em pé.

— Quem destruiu os templos? — perguntou Moishele.

— Nabucodonosor foi um deles; destruiu o primeiro templo e nos levou — Mendel encarava isso como assunto pessoal — como escravos para a Babilônia. Seis séculos depois vieram os romanos, que destruíram nosso Segundo Templo e nos espalharam pela Europa. O mundo deu muitas voltas, e fui parar no Grajaú.

— Então, quando chovia os judeus ficavam sem ter onde rezar? Só dentro de casa?

— Houve um tempo em que nem dentro de casa! Quem rezasse nossas rezas era mandado pra fogueira pelos fanáticos da Inquisição.

— Essa história não tem fim? O que foi que nós fizemos?

Mendel se comoveu com esse "nós" na boca de Moishele.

— Quando você chegou lá em casa no colo de sua mãe em 1938, por exemplo, os alemães estavam incendiando centenas de sinagogas na Alemanha.

— Que prejuízo, hein, Mendel?

Mendel seguiu na mesma linha:

— Por isso, até hoje, ninguém aceita fazer seguro de sinagoga.

O rapazinho não se conformava com tanta perseguição

por motivos religiosos. E argumentava com precoce ecumenismo:

— Mendel, não entendo tanto sofrimento por causa de religião; não bastava aceitar a religião mais forte em cada momento de perigo? Insistir pra quê? Você não acha que é teimosia? Eu, por exemplo, conforme a ocasião, ora sou umbandista, ora sou cristão, ora sou judeu... Só mudam as palavras da reza, mas é sempre pra louvar e pedir.

Surpreendido, Mendel refletiu. E concordou:

— Você tem razão, mas o que fazer? Nós judeus somos realmente muito teimosos.

Depois de ser apresentado às maiores construções religiosas, principais cartões postais da cristandade europeia, como o Vaticano, Catedral de Milão, Notre-Dame, Abadia de Westminster, Moishele lastimou a falta de pelo menos uma sinagoga cujo porte também fosse referência turística. Viram algumas, mas bastante singelas. Percebeu que a Europa era território inteiramente cristão, pouco apropriado a judeus.

Em Israel, com certeza, encontraria semelhante grandeza arquitetônica. Em dois mil anos, teria dado tempo de construir outro grande templo, Moishele acreditava, desconhecendo circunstâncias históricas e políticas.

Quando Mendel, em Israel, disse que iriam ao lugar mais sagrado do judaísmo, Moishele pensou logo em algum tipo de construção monumental, talvez não comparável ao Vaticano, ou à Catedral de Notre-Dame, mas algo grandioso, que fosse o sol na Terra para os filhos de Abraão.

— Ali está! — exclamou Mendel, olhos faiscantes, lágrimas rolando, coração acelerado. Apontava para uma distante muralha de pedra, junto à qual rezavam poucos fiéis de capote e chapéu pretos.

Mendel estranhou a presença deles naquele lugar, que na época ainda pertencia aos árabes. Com certeza pagavam uma boa soma a alguma agência de turismo para ter acesso ao Muro. Ele e Moishele não podiam chegar mais perto.

De longe, em contraste com a clareza do muro, os ortodoxos pareciam notas de uma partitura musical. Livro na mão, oravam movimentando-se pendularmente, para trás e para frente, bem junto às pedras.

— Interessante... — comentou Moishele. — Mas onde fica o grande lugar sagrado?

— Você está olhando pra ele — respondeu Mendel.

— O que estou vendo é apenas um enorme muro de pedra. Como vocês podem concorrer com a enorme Basílica de São Pedro só com isso?

— Não é um muro qualquer, é parte da muralha que protegia o Templo, foi o que sobrou, já te contei. Os romanos o destruíram há dois mil anos, e, não satisfeitos, espalharam os judeus pelo mundo, por isso o chamam de "Muro das Lamentações", choramos a destruição do Templo que havia aqui. Pena que não nos deixam chegar até ele, está sob domínio árabe. Um dia, talvez...

— E por que agora vocês não constroem outro templo, como o Vaticano? Os judeus do mundo todo podiam fazer uma "vaquinha".

Mendel não conteve o riso diante da sugestão, uma "vaquinha" universal dos judeus para construir um novo Templo...

— Taí, gostei da ideia. Vamos procurar o Ministro David Ben Gurion hoje mesmo e direi isso pra ele: "Ministro, meu filho propõe que os judeus do mundo inteiro colaborem numa vaquinha para levantar um grande Templo".

Moishele aceitou a ironia de Mendel, e respondeu na mesma moeda:

— Mas tem de dizer que será uma vaquinha com dinheiro *kosher*, honesto.[22]

Mendel, dessa vez, explodiu numa gargalhada. Meditativo, fazendo contas, Moishele comentou:

— Se o Segundo Templo foi destruído no ano 70 depois de Cristo, então foi aqui que ele expulsou os vendilhões, aos trinta anos de idade mais ou menos... — as aulas de religião na escola tinham deixado marcas.

22 Por analogia, *kosher* pode ser usado para designar qualquer ação apropriada, digna, o oposto sendo também usado, "não kosher".

Mendel não deixou transparecer, mas o incomodou essa observação, logo ali, fisicamente ao lado do antigo cenário descrito no Novo Testamento; afinal, os tais "vendilhões" seriam judeus como ele, seus antepassados, não seguidores de Jesus. Mas, por coerência, concordou. Não quis aprofundar o mérito do assunto e não contestou, deixava Moishele livre de qualquer imposição religiosa. Influenciado pela paisagem, que sincronizava com a memória das aulas de religião, o menino chamou Mendel para irem ao Santo Sepulcro e à Via Dolorosa.

— Via Dolorosa? — perguntou Mendel, sem entender.

Foi a vez de Moishele assumir o papel de professor:

— É o caminho que Jesus teve que fazer carregando a cruz até o Gólgota.

— Gólgota? — de novo Mendel demonstrava estar alheio a qualquer coisa fora do Velho Testamento.

— Foi onde crucificaram Jesus, o Monte do Calvário.

Mendel ficou impressionado com esse desembaraço relativo às passagens do Novo Testamento. Mas não achou que embutisse alguma tendência. Na verdade, o próprio Mendel sentiu um *frisson* na caminhada que sinaliza as várias Estações, as paradas de Cristo até chegar ao local da crucificação. Uma curta distância separava o lugar mais sagrado do judaísmo, o *Kotel*,[23] do mais sagrado da cristandade.

Estar ali não ofendia sua fé, era um turista como outro qualquer, justificava para si mesmo. Mas a emoção de Moishele saltava aos olhos, impactado pela Via Dolorosa e pelo Santo Sepulcro. Mendel passou a encarar com naturalidade a possibilidade de conversão do rapaz ao cristianismo. Talvez fosse hora de ele se vincular oficialmente a uma religião.

Mendel estava enganado. Moishele se sentia bem no quase silêncio das missas católicas e cultos judaicos, mas também nos terreiros, em meio à dança e à percussão dos tambores africanos. Sentia atração por todas as religiões, em cada uma encontrava algo que lhe falava ao espírito. Na umbanda, por exemplo, ha-

---

23 "Muro" em hebraico.

via a simplicidade primitiva das liturgias, os cantos, as comidas, a incorporação do santo, os orixás da natureza, o sincretismo — instrumento de sobrevivência da fé africana —, algo semelhante ao movimento dos cristãos novos que, externamente, cultuavam santos católicos, mas em seus corações permaneciam seguidores da lei mosaica e a praticavam às escondidas, quando era severa a fiscalização sobre os judeus convertidos por força da Inquisição, às vezes beirando o ridículo. Em viagem de inspeção pelo Brasil, os inquisidores chegavam até a publicar editais nas portas das igrejas incitando a população a denunciar pessoas que não comiam carne de porco ou não trabalhavam aos sábados.

Para contrabalançar o impacto cristão de Jerusalém, Mendel providenciou uma ida a Massada, fortaleza onde os judeus tinham resistido heroicamente ao cerco dos romanos entre 66 e 73 d.C. Ficou claro que a visão do local de uma prolongada batalha, em que todos os rebeldes teriam se matado, produziu seus efeitos na mente do jovem. Era, entretanto, uma emoção oriunda da História, não algo bíblico, vinculado a uma mensagem espiritual da Terra Santa. Com orgulho, Moishele comparou o episódio de Massada à resistência dos escravos fugitivos do Quilombo dos Palmares.

Mendel ouviu e concordou. Moishele pediu então que Mendel o levasse a qualquer canto por onde tivesse passado Moisés, o libertador do povo de Israel. Meio engajado, Mendel respondeu que não havia tal lugar, porque Moisés não chegara a entrar na Terra Prometida, só pôde vê-la de longe.

— Por quê? Ele morreu antes de chegar?

— Não! Foi punido, porque em certa ocasião duvidou da palavra do Senhor; mas antes recebeu as Tábuas da Lei, com os Dez Mandamentos.

Moishele ficou triste ao saber que Moisés não tinha chegado até ali, a terra em que ele — seu "homônimo" por apelido — estava pisando agora. Comparou o destino dos dois enviados de Deus: Jesus foi condenado por entrar em Jerusalém e pregar sua doutrina; Moisés nem entrar pôde em Canaã, onde no futuro se ergueria Jerusalém.

— Religião não é coisa fácil de entender — comentou.

— Tem razão. Por isso existe a fé — retrucou Mendel.

Frustrado, com pena da figura máxima do judaísmo, Moishele teve de se contentar com a miniatura em gesso da escultura de Moisés em Roma, obra de Michelangelo, que tinha comprado como souvenir. Mas continuou confuso:

— Por que não há estátuas de Moisés em Israel? Nem de profeta algum? Pois se até no interior de Minas Gerais, em Congonhas, temos os doze profetas das Escrituras feitos pelo Aleijadinho... — achava justo que houvesse uma estátua de Moisés no Monte Sinai, como a do Cristo Redentor no Rio de Janeiro.

Não obteve resposta.

O encontro mais surpreendente, porém, não teve a ver com lugares ou símbolos sagrados, e ocorreu na recepção do hotel onde estavam hospedados. Ao pedir o fechamento da conta, Mendel foi informado pelo gerente de que já estava paga.

— Está havendo algum engano, não paguei nada até agora — disse Mendel.

— Foi a ordem que recebi — respondeu o gerente.

— Ordem de quem? — retorquiu Mendel.

— Do proprietário do hotel — confirmou o homem.

Mendel não entendeu, tinha certeza de que se tratava de algum equívoco; por que o dono do hotel haveria de brindá-lo com essa cortesia? Não era alguém importante, não era nenhum político ou artista conhecido.

— O senhor já conferiu pelo nome? Tem certeza de que a ordem que recebeu foi pra mim mesmo, Mendel Rosenstrauch?

— Sem dúvida alguma, foi o que ordenou o Sr. Saul.

— Que Sr. Saul?

— Saul Epstein, o dono do hotel, ele o conhece do Brasil. Por acaso estava aqui perto e viu quando o senhor chegou; e me deu ordens para não cobrar nada de seu amigo brasileiro.

Mendel e Moishele trocaram olhares cúmplices, enquanto passavam os olhos pelo magnífico hall de entrada. Sim, ali estava, luxuosamente materializada em belas pedras decorativas, grossos tapetes e rico mobiliário, parte da dinheirama captada dos incautos Isaques, Jacós e Abraãos do Rio de Janeiro.

Moishele aguardava calado a reação de Mendel. Aceitaria ele a generosidade de um vigarista? Fruto de algo desonesto, nada *kosher*. Mendel refletiu por alguns instantes, não muitos, e respondeu secamente:

— Diga ao senhor Epstein que ficamos agradecidos.

— Agradeça o senhor mesmo, ele está vindo para cá — o recepcionista apontou com o queixo na direção de Saul, que se aproximava sorridente.

Mendel não teve tempo para outra atitude senão a de corresponder ao abraço do velho vigarista, que estava absolutamente tranquilo e esbanjava ares de prosperidade. Notando a hesitação de Mendel, Saul foi franco e direto:

— Mendel, não vamos fingir que não houve nada. Nós dois sabemos muito bem o que aconteceu. Não é algo de que me orgulhe, mas está feito. Aqui, procuro não pensar no que passou. Aos meus credores, bem ou mal, vejo-os como colaboradores não voluntários da pioneira causa sionista. Este hotel estava quase falido quando o comprei, fiz uma reforma total e troquei o nome!

Frente a tão desavergonhado cinismo, Mendel não quis ser belicoso como a ocasião merecia. Preferiu mudar de assunto e falar das maravilhas que encontrara no jovem Estado de Israel. Não poupou elogios ao belo estabelecimento hoteleiro, cujo novo nome, com premeditada coincidência e exacerbado egocentrismo, era "King Saul Hotel".

Saul olhava para eles, curioso:

— Quem é esse *schwarze*?[24] O que faz aqui com você?

— É meu filho — disse Mendel, surpreendendo seu interlocutor, que não cogitara essa hipótese.

Depois das costumeiras trivialidades de momentos como esse, em que velhos conhecidos se encontram, principalmente quando um deles emigrou e está morto de curiosidade

---

24 Negro, em iídiche.

para saber o que estão falando dele no país de origem, Mendel, a pedido de Saul, reproduziu em iídiche e português todos os palavrões com que os irmãos fugitivos ainda eram brindados no Brasil.

Atualizado, mas não surpreso, Saul não resistiu a outra curiosidade. Agora que estava claramente desmascarado, mas em solo seguro, quis saber por que Mendel tinha lhe escapado.

— Pergunte a ele — respondeu Mendel virando-se para o filho.

Perplexo, Saul ouviu Moishele reproduzir em iídiche, nos mínimos detalhes, a conversa dos dois irmãos naquela noite em que foram à casa de Mendel, inclusive o plano de fuga para levar o dinheiro dos investidores. Tinham soltado a língua, comentado com desenvoltura o golpe tramado, achando que estavam "sozinhos" enquanto a "vítima" tinha ido pegar o dinheiro no cofre. Num estalo, Saul lembrou-se do rapazinho negro que consertava o abajur. Sua presença não os preocupara, porque estavam falando num idioma que ele não poderia entender. Saul mal podia acreditar.

— Como eu iria imaginar que aquele garoto negro falasse o nosso idioma como um jovem do gueto?

Em tom sarcástico, Mendel perguntou a Saul:

— Alguma mensagem para os amigos credores que você deixou no Brasil?

Saul foi mais sarcástico ainda em sua resposta:

— Diga a eles que o dinheiro que colocaram em minhas mãos fez *aliá*,[25] já que preferiram ficar longe da pátria dos antepassados, na tranquilidade de seus comércios no Rio de Janeiro — era uma troca de alfinetadas, sem rancor, pois Mendel escapara ileso da empreitada "patriótica" de Saul.

Mendel arrematou, com mais ironia judaica:

— Se aparecer por lá outro investidor pioneiro como você, quem ainda não quebrou...

Saul sorriu antes que ele completasse a frase, e de repente

---

25 Do hebraico, "subida", referência ao retorno à Terra Prometida.

baixou a cabeça, ficou sério, pensativo. Mendel viu nisso um fia-
po de arrependimento. Antes de se despedir, diplomaticamente,
apenas por formalidade, perguntou pelo irmão e sócio de Saul.

— E Samuel, como está?

Saul gostaria de não ter ouvido essa pergunta. Mas respondeu, com tristeza:

— Samuel faleceu.

Mendel não tripudiou sobre a memória do morto. Quis
saber como foi.

— Morreu de quê? Ele era ainda relativamente jovem.

— Pressão alta!

Mendel estranhou.

— Pressão alta? Mas aqui em Israel há ótimos médicos e
hospitais públicos, ele não se cuidava?

Saul se constrangeu ao explicar o que houve. Não queria
que algum maledicente, sabedor do histórico de Samuel, inter-
pretasse o ocorrido como um castigo. Procurou completar a informação com falsa naturalidade.

— Na verdade, ele se afogou no Mar Morto.

Novamente, Mendel não escondeu seu espanto:

— Afogado no Mar Morto? Isso é impossível, ninguém
se afoga lá! A água é tão salgada que as pessoas ficam boiando,
por mais que façam força para afundar.

Saul, sem saída, viu que tinha que continuar a história,
explicar como tudo realmente acontecera, mesmo sabendo que
muita gente haveria de se regalar com o fato e suas circunstâncias. Com a voz embargada, prosseguiu:

— Ele realmente não se afogou, mas devido ao forte
calor teve um pequeno desmaio quando se banhava, e bebeu
daquela água que é puro sal. Isso provocou a violenta crise de
hipertensão que o matou — e pediu, mesmo sabendo que era
um pedido inútil, que Mendel não contasse isso a ninguém no
Brasil.

Mendel também sabendo ser uma garantia inútil, asse-
gurou que de sua boca não sairia nem uma palavra sobre a morte de Samuel. Foi maliciosamente sutil:

— O que passou, passou... Resta apenas dar a você os meus pêsames, e ao mesmo tempo *mazal tov*.[26]

Saul não entendeu. Mendel explicou:

— Pêsames pela perda do sócio e irmão; e parabéns por dobrar sua fortuna, pois você era o único herdeiro dele. Que eu saiba, Samuel não tinha outros parentes vivos.

Despediram-se com um abraço quase sincero. No táxi, a caminho do aeroporto, Mendel deixou escapar seu antegozo:

— Ah, quando eles souberem dessa história lá na Praça Onze...

Moishele, surpreso com o inédito sadismo de Mendel, olhou-o com certa estranheza.

---

26 Do hebraico, "parabéns".

6. Polônia

Começaram a última etapa da viagem, desta vez não turística nem de lazer, ao contrário, tensa e angustiante. Iam à Polônia. Mendel queria rever sua cidade natal, não a família, nem parentes próximos ou distantes, pois não sobrara nenhum em Ostow. Era um imperativo de consciência retroceder, num tempo imaginário, ao lugar em que se despedira com beijos e abraços de tanta gente, pai, mãe, tios, primos, amigos... Não sabia que, se confrangendo ao partir, escapava do extermínio nazista. Adiante, um navio, um oceano e uma terra exótica cheia de oportunidades, diziam.

Pela janela do trem foi dando adeus até perdê-los de vista, sem saber, para sempre. Em 1942, da mesma plataforma, partiriam também os que tinham ficado, mas em vagões diferentes, noutra direção, numa viagem sem risos, sem esperança e sem volta.

Pois agora Mendel estava voltando. *Para quê?* — se perguntava, e respondia a si mesmo: *Não se volta para um lugar, se volta para alguém... mas que alguém... se* eles não estão mais lá? No entanto, era importante voltar. Se não tornasse a ver o lugarejo, sua improvável casa, as ruas por onde havia passado, o lago das carpas, a escola pública polonesa onde tinha estudado, continuaria guardando no peito apenas uma lembrança como a dos imigrantes comuns, que aos poucos vão naturalmente perdendo contato com sua terra, vão espaçando a correspondência com os familiares, até que se tornem simples imagens na memória borradas pelo tempo. Voltar, sentir o burburinho, o som do iídiche por todo lado, os cheiros do grande mercado semanal, fechar os olhos e escutar o toc-toc dos sapateiros, tocar de novo aquela enorme tesoura prateada do avô alfaiate, estar atento ao chamado do aguadeiro... vozes de casa... o cantor da sinagoga, tantas e tantas vozes. Vozes... Era o que restara de mais vivo.

Era preciso voltar. Nas grandes tragédias, os que ficam sempre resgatam os corpos das vítimas, mas em Ostow nem os corpos tinham ficado. Era como se estivesse indo para sepultá-los no coração. Na Primeira Guerra Mundial, Mendel estava lá. Criança ainda, viu chegarem os invasores, então amigáveis soldados germânicos. Mas na Segunda Guerra já estava no Brasil, não viu a suástica nas braçadeiras dos SS. A memória dessa amabilidade do exército alemão na Primeira Guerra contribuiu para que muitos não se desesperassem, ou tentassem fugir diante da iminente entrada dos nazistas em 1939.

Em outubro de 1942, o trem do Holocausto os levou para um lugar chamado Treblinka.

Mendel precisava voltar à sua terra para chorar. Por impossibilidade de comunicação durante o conflito, a notícia do aniquilamento total só chegou três anos depois. Foi um golpe avassalador, causou-lhe um longo período de melancolia. Mas a distância física que os separava, o tempo dessa separação, a forçada ignorância dos fatos e a vida nova no Brasil tinham provocado em sua mente uma diluição de imagens. O indivíduo acaba se acostumando às ausências, de mortos ou vivos; para a mente, ausência é ausência, por isso Mendel não tinha chorado. Era uma dor seca, um choro sem lágrimas, como se ainda estivessem todos lá, sua memória já adaptada à falta deles. Queria agora dar cor às imagens esmaecidas. Muitos lugares não religiosos tinham sobrevivido em Ostow.

Caminhando lentamente pelas ruas nas quais costumava correr na infância, diante de cada casa amiga sentiria a dor de chamar e ninguém responder. *Isso, pensava, restabeleceria a ligação entre o dia em que partira e o momento da volta, como se nada tivesse acontecido entre um e outro, como se nunca os tivesse deixado, como se todos tivessem desaparecido verdadeiramente só quando ele pisasse outra vez no lugar.*

Desde 1942, não havia mais ninguém em Ostow que, ao vê-lo, perguntasse: "O que há de novo, Mendele?" Havia, porém, cenas do passado morto que apareciam até mais vivas em sua recordação: o piquenique no relvado junto ao rio, até o dia em que um *goy* comprou a propriedade toda para fins pecuários; o lago congelado em que, patinando com os amigos, afundara sob o gelo partido; a bravura das jovens operárias, enfrentando a neve pesada em plena madrugada para chegar sem atraso ao trabalho na fábrica de escovas; seu medo de sair na Sexta-feira Santa por causa do risco de ser surrado como "assassino de Cristo". Tais lembranças tinham sobrevivido e ficado guardadas porque, de uma hora para outra, chegara um trem que bruscamente levou embora milhares de passageiros, cada um com suas incertezas, malas e trouxas inutilmente bem identificadas para que não se perdessem nem se misturassem na hora do desembarque.

Mendel encontrara sobreviventes de Ostow em Israel, gente que escapara milagrosamente e que havia presenciado tudo, até a chegada dos vagões terminais. Soube por eles que poucos dias antes da invasão da Polônia a cidade estava muito tensa. Espalhava-se todo tipo de rumor, especialmente quando começaram a convocar os jovens para o exército e mandar outros homens para a construção de abrigos e trincheiras. Os judeus procuraram, então, captar a transmissão da rádio polonesa. E em 1º de setembro de 1939 ouviram que os alemães tinham declarado guerra à Polônia.

Alguns dias depois, Ostow se encheu de refugiados, e bombas alemãs começaram a cair. Mesmo os poucos que tinham carro fugiam em carroças puxadas a burro, porque não havia gasolina. Em 6 de setembro, as ruas estavam desertas. As pessoas se esconderam nos porões. À tarde, entrou uma patrulha alemã. À noite, incendiaram parte do comércio judaico. Quando se estabeleceu, a administração alemã declarou falsamente que poloneses e judeus receberiam igual tratamento e mandou que todos continuassem trabalhando normalmente. Assim, por alguns poucos meses, Ostow viveu um período de ilusória garantia. A política de extermínio ainda não havia começado. Alguns jovens, entre os quais os que narraram essa história a Mendel, não acreditaram nessa paz aparente e aproveitaram para fugir.

No começo de 1940 entraram em vigor as leis raciais: os judeus da cidade foram obrigados a entregar grandes somas de dinheiro, ouro e prata, tiveram de fechar seus negócios, lojas, fábricas e oficinas; as sinagogas foram espoliadas de seus ornamentos. Judeus não podiam deixar a cidade sem permissão, foi-lhes imposto o toque de recolher e o uso nas roupas da Estrela de Davi amarela — passos preliminares do Holocausto em Ostow.

À medida que tomava conhecimento da cronologia do extermínio, Mendel recapitulava paralelamente sua vida no Rio. Quando em 1939 estourou a guerra e a Polônia foi invadida, pararam de chegar cartas da família. Os judeus no Brasil não estranharam o fato. Afinal, era coisa da guerra. Que mal poderia acontecer aos judeus que não atingisse também os poloneses? Já decorridos alguns meses da invasão, os jornais brasileiros não noticiavam nenhuma atrocidade generalizada, exceto a destruição de Varsóvia pela Luftwaffe.

Sem notícias, vicejavam rumores e boatos. Estando longe e em segurança, o medo maior dos familiares, ingenuamente, era a possibilidade de alguém ser atingido por uma bomba lançada de avião. Como saber que era o menor dos riscos? Como dar asas ao absurdo na imaginação? Como pensar num hipotético genocídio, se àquela hora Mendel estava passeando tranquilamente pela Praça Saens Peña com Faiga e Moishele, tomando sorvete, procurando um bom filme? Como imaginar que naquele momento já estavam sendo construídas as primeiras câmaras de gás, já estava decidida a "Solução Final"? Que depois de poucos meses, pai, mãe, tios e primos, literalmente, se evaporariam?

Sem nada saber, como chorar por eles? Já tinham partido sem volta para Treblinka, e aqui se vivia da esperança própria ao espírito hebreu. O "último trem" saiu de Ostow em outubro de 1942, e por ignorância dos fatos, não se rezou o *Kadish* pelos transportados. Com o fim da guerra, veio a notícia, a certeza do horror inimaginável: extermínio total.

Anos de ausência e absoluta incomunicabilidade haviam produzido uma sensação de perda misturada a uma desejada dúvida. Quando se soube da verdade, depois de tanto tempo, a memória, sem a clara visão dos rostos, sem o estímulo das vozes, se entregou mais facilmente, amenizando o luto coletivo. Por isso Mendel não conseguiu chorar. Agora, dez anos depois da Guerra, estava fisicamente de volta, andando por onde tudo tinha acontecido. Chegou à sua rua e encontrou sua casa. Parou. Uma reviravolta na lembrança trouxe de volta todos os sorrisos, todos os carinhos...

"Mendele, Mendele!", sua avó chamando. "Mendele, Mendele!, chamava Hanna, sua iídiche *mamma*, pondo a comida na mesa e "convocando-o" para comer.

Mendel, então, chorou convulsivamente, um choro atrasado que não tinha fim, que transbordava a cada recordação. Moishele pôs a mão em seu ombro.

Súbito, aquietou-se. Pôs sobre os ombros o *talit* que seu pai lhe dera e rezou o *Kadish* por todos eles. Estavam em outubro, era *Rosh Hashaná*.[27] Deu um pequeno *shofar*[28] a Moishele, que o tocou como se faz na entrada do ano novo. No *Rosh Hashaná* de 1942, 5716 do calendário hebraico, nenhum judeu daquele lugar teve seu nome inscrito no Livro da Vida.

O som do *shofar* vindo da rua chamou a atenção do morador; abriram a janela; veio um homem beirando os sessenta anos, que se espantou, nunca tinha visto algo parecido:

---

27 Ano novo judaico.
28 Chifre de carneiro.

— O que um judeu e um negro estão fazendo na minha porta? E soprando esse chifre de sinagoga? Com certeza é alguém pregando uma peça!

Há mais de dez anos Ostow estava *Judenfrei*,[29] como diziam os nazistas, ao informar a seus superiores que todos já tinham sido levados para campos de concentração. O sujeito da janela procurou enxotar as duas estranhas figuras.

— Vão embora daqui, seus palhaços! Em Ostow (vocês não sabem?) acabou-se a praga judaica, aqui não tem mais nem judeu de mentira como vocês, os nazistas fizeram uma limpeza, eu mesmo ajudei um pouco; não sobrou um pra contar a história, muito menos aqui nesta casa, posso garantir!

— Sobrou sim, Wladislaw! — afirmou Mendel em polonês.

O homenzinho estremeceu. Arregalou os olhos e fixou-os demoradamente naquele homem de *kipá* que dissera seu nome; e teve uma vertigem ao reconhecer que estava ali, de pé, um judeu seu amigo de infância. Veio lá de dentro uma mulher que o amparou e, atônita, apressou-se em fechar a janela. Mas não a tempo. Ouviram claramente a voz lá fora, que falava pelos fantasmas que ali habitavam:

— Não se preocupem, não vim pedir nossa casa de volta!

Mendel se afastou e foi à procura do velho cemitério dos judeus. *Pelo menos os ossos dos antepassados deviam ter deixado em paz*, pensou. Encontrou o cemitério, mas nenhuma tumba; as lápides tinham sido arrancadas para usos diversos. Era agora um campo de futebol, jovens poloneses corriam atrás da bola, mesmo sabendo que debaixo daquele solo jaziam restos de compatriotas de outra fé religiosa, que haviam escapado da Solução Final apenas por terem a "sorte" de já não estarem mais vivos quando chegaram os SS, judeus que não viraram fumaça ao vento em Treblinka e que ali aguardavam para se levantar no Dia do Juízo Final.

Constatou que a igreja cristã não sofrera sequer um ar-

---

29 Do alemão, "Glossário Nazista": "livre de judeus".

ranhão, continuava imponente no alto da colina. Mas, da sinagoga, com seus belos vitrais amarelos e azuis, onde fizera o *Bar--Mitzvá,* sobrara apenas uma parede identificável, lembrando simbolicamente o Muro em Jerusalém. Em Ostow nunca mais destruiriam sinagogas, pelo simples fato de que não havia mais nenhuma, e nenhuma outra jamais seria ali construída.

A paisagem humana na outrora Rua Judaica contrastava fortemente com o que fora antes: compunha-se agora de poloneses loiros e indiferentes, não mais de religiosos de cabelos negros encaracolados com seus também negros chapéus e longos capotes — do alto, era uma passarela de girassóis ambulantes.

Ah... os alegres desfiles de ortodoxos hassídicos, cantando e dançando ao som dos músicos folclóricos de *klezmer!*[30] Mendel não conseguia se lembrar de Ostow sem que lhe penetrasse fundo nos ouvidos o saltitante som do clarinete.

As casas dos judeus haviam sido roubadas, não destruídas. Mendel as apontava uma a uma, à direita e à esquerda, dizendo a Moishele o nome de seus moradores. Nenhum deles "estava em casa":

— Yosef Aaronberg, a mulher Esther e os filhos Yaakov e Gimpel; Aaron Adler e a mulher Malcha; Herschel Blumenshtok, a mulher e crianças; Moshe Freedman, a mulher Miriam e as crianças Feytshe, Freida e Yaakov; Leybel Glatt, a mulher Ruth e o filho Chaim; Yaakov Fogel, a mulher Dvora e as crianças Hinde, Toby, Pessel, Shmuel, David e Yosef; Eliezer Glazman, a mulher Sheyndel Yechit e as crianças Aaron, Bella, Reyzel e Tami; Blyme Dikerman e irmãos Leybel e Itzchak; família Freyberg; Yaakov Feldman, sua mulher, e filhos; Pinchas Erman , a mulher Dvora e filhos; Aaron Katz e mulher Rivka; Eliezer Mayer, a mulher Etta--Hanna e os filhos Miriam, Shlomo, Sima, Bluma e Mina; Mordechai Weiss, sua mulher Perele e filhos Malcha-Rachel e Zalman--Hirash; Moshe Weintraub e a mulher Sheva; Pinchas Weinberg, a mulher Chana e a filha Alta; Reuben Weissberg, a mulher Tzipora e os filhos Yente, Leah, Feyge e Tsirel...

---

30 Gênero de música não-litúrgica judaica, desenvolvido a partir do século XV pelos asquenazis. Fonte: Wikipedia.

Deteve-se diante de uma casa. Moishele notou a expressão dolorida no rosto dele, mas nada perguntou. Mendel permaneceu em pesado silêncio, não revelou do que se tratava, ou melhor, de quem se tratava. Era a casa de Rebeca, sua noiva, que inexplicavelmente se matou ingerindo veneno, numa época tranquila, anterior à invasão alemã. Nunca se soube o motivo, talvez alguma doença mental então desconhecida. Tinha temperamento instável, ora alegre, ora fechada.

Ironicamente, o suicídio da noiva fora uma das causas que contribuíram para salvar sua vida. Mendel saiu de Ostow e emigrou para o Brasil para fugir da amarga lembrança, e assim escapou de Treblinka. Também de Rebeca nada restou, sequer a *matzeiva*,[31] arrancada pelos saqueadores de mármore, aves de rapina que punham as garras nos restos deixados pela suástica.

Mendel experimentou outra grande comoção quando, ao passar diante de um galpão, viu que lá dentro, apinhadas umas sobre as outras, havia uma enorme quantidade de velhas máquinas de costura, anunciadas na fachada como "salvados de incêndio", por preço irrisório. Mendel não tinha dúvidas de onde teriam vindo. Em Ostow, o ofício de alfaiate predominava entre os judeus, que atendiam também os ricos poloneses, talhando suas vestimentas de uso diário e trajes de festa, uma "clientela" que mais tarde lhes recusaria qualquer ajuda e ainda riria de seu sofrimento, muitos até colaborando com seus algozes. E os sapateiros? Onde teriam ido parar centenas de martelos? Talvez em alguma fábrica de armamento alemão.

Mendel não resistiu. Entrou naquele "campo de concentração" de coisas inanimadas, que haviam um dia dependido da vida de seus usuários para ter vida também. Caminhou lentamente, como se caminhasse entre as alas de um cemitério. Cada peça era um memorial, quantas encomendas inacabadas teriam sido largadas sobre elas abruptamente? Conhecera todos os alfaiates da cidade. O trec-trec das máquinas de costura era a

---

31 Lápide.

sinfonia que tocava em Ostow durante o dia e partes da madrugada, inclusive em sua casa, onde morava um avô alfaiate.

Súbito, algo impressionantemente improvável aconteceu. Mendel viu o que poderia ter sido a máquina de costura de seu avô, por causa de duas letras mais desgastadas na marca: o S inicial e o R final. Não tinha certeza, mas mesmo assim abriu a primeira gaveta do gabinete. Estava vazia. Depois, a segunda. Nada encontrou. Mas quando abriu a terceira, faltou pouco para ter uma crise cardíaca: encontrou a fotografia de um menino de calças curtas — era ele, na foto do neto que o avô guardava ali para dar uma olhada e amenizar o cansaço. Conforme a época do ano, os dois brincavam juntos de trenó ou jogavam bola.

Enquanto isso, o vigia o olhava sem entender tanto interesse por aquela velharia enferrujada; acompanhava os movimentos daquele inusitado "cliente" tentando adivinhar de onde teria saído... Há muito tempo não via um homem de *kipá*, desde os últimos na plataforma de embarque do trem.

Mendel, sem hesitar, pôs a foto no bolso. Ela lhe pertencia.

Estavam bem nítidas em sua memória as imagens de trabalhadores e trabalhadoras, carpinteiros carregando portas e janelas nos ombros, moças cantarolando sentadas diante de uma bancada enquanto enfeixavam vassouras, o alarido dos pequenos comerciantes... Os fatos apreendidos mudariam sua história de vida. Até esse retorno, sabia apenas que sua família tinha sido executada. Mas agora sabia como, dava para reconstituir passo a passo o roteiro do aniquilamento: a formação do gueto, fome, doenças como inanição e tifo, o transporte ferroviário para "campos de trabalho"... até o objetivo final: a execução.

Por quanto tempo a nova memória lhe permitiria viver como tinha vivido até ali? Antes, resistia organicamente à ausência dos desaparecidos, mas o eco apocalíptico ainda permanecia, não tanto diante de seus olhos e ouvidos, mas de seu coração e de sua alma. Ele "vira", "ouvira", e, sobretudo, sentira... Chegou a pensar numa ida a Treblinka, o campo de extermínio nazista que recebera a população de sua cidade, mas isso ele não quis transformar em memória real. Era hora de ir embora, partir novamente de Ostow, como fizera há trinta anos.

Não comprou nenhuma lembrança, sequer um cartão postal, nada de palpável quis levar dali. Na mesma estação tomaria o trem para Varsóvia. Dali, de avião, chegaria a Roma, para retornar ao Brasil.

Ainda no trem, aguardando a partida, algo aconteceu. Sentado junto à janela, Moishele disse a Mendel que havia na plataforma, à pequena distância, um homem de *kipá* olhando fixamente para eles.

— Um homem de *kipá*? Onde? — quis saber, afoito, o incrédulo Mendel. Obviamente não era um morador da cidade.

— Ali! — apontou Moishele.

— Ali onde?

Moishele continuou apontando na mesma direção, mas Mendel nada via.

— Continua lá? — insistiu.

— Sim!

A plataforma estava deserta, mas Mendel sabia que Moishele não era dado a esse tipo de brincadeira.

— Como ele é?

— Alto, magro, meio calvo...

— Usa óculos?

— Usa.

— Como são os óculos dele?

— Tem uma lente clara e outra escura, tapando a vista esquerda. Ele não deve ter essa vista.

Mendel silenciou por instantes, baixou a cabeça e rezou baixinho. Depois, disse:

— É meu pai!

Soou o apito e o trem pôs-se em movimento.

7. O *DIBUK*

Desde que chegara, Mendel era um homem doentio. Trazia Ostow em seu espírito, não conseguia distinguir se estava de volta em casa ou se tinha deixado sua casa na Polônia. Não tinha visto a parcela do Holocausto que coubera à sua cidade, familiares e amigos, mas agora tinha estado lá. Por falha do destino, estava fisicamente intacto, salvo pelo impacto do suicídio da noiva e pela desesperança da permanência nos limites da zona judaica, fatos que o fizeram imigrar. Filosofou: *Então é assim que funciona a vida... como uma roleta: o sacrifício de Rebeca me ajudou a escapulir dos nazistas...*

A segunda memória que trouxera consigo tornou-se um vivo e permanente pesadelo. Os judeus emigrados que não haviam retornado aos seus lugares de origem nem sofrido o choque de um reencontro imaginário com tanta gente imolada, carregavam um luto já de dez anos: desde que souberam do Holocausto em 1945, quando terminou a guerra, viviam com a possível serenidade que o tempo geralmente traz. O luto de Mendel, de alguma forma, recomeçava dolorosamente.

Mudou muito, era outra pessoa. Estava irreconhecível. Revoltado, irritava-se por nada. Perguntado insistentemente, não tinha ânimo para falar sobre as convencionais maravilhas da viagem, nada sobre Paris, nada sobre a Torre Eiffel, nada sobre o Arco do Triunfo, nada sobre a troca da guarda em Londres. A Faiga apenas deu sua máquina fotográfica para mandar revelar as fotos. Em Ostow não batera nenhuma, coube a Moishele a tarefa de descrever os pontos turísticos, detalhes das cidades, o que tinham visto e comido em cada lugar.

Mas qual o motivo da visível transformação? Moishele bem o sabia, e até nome dessa metamorfose: Ostow!

Mendel seguiu piorando. Sua característica docilidade, nas mínimas coisas, deu lugar a uma personalidade hostil e agressiva. Recusava-se a comer, derrubava pratos no chão, não queria ver ninguém. Acabou por trancar-se no quarto, mal abria a porta para receber alguma comida. Até que, enfraquecido, não conseguia mais se levantar.

Assustada, Faiga mandou chamar o doutor que atendia no sobrado da farmácia; com outra chave abriu a porta do quarto, mas Mendel não se deixou examinar, xingou o médico e tentou arranhá-lo. A qualquer pergunta respondia furiosamente, numa língua estranha. Pareceu claro ao doutor tratar-se de problema psiquiátrico, e recomendou um especialista. Não demorou o diagnóstico: Mendel estava sofrendo das "faculdades mentais". "Era preciso interná-lo", afirmou.

Faiga aproximou-se da cama e o médico pediu que perguntasse seu nome. Mendel respondeu em iídiche, mas com uma voz que não era a sua, gutural, irreconhecível, ameaçadora, parecendo de mulher:

— Sou Rebeca, a noiva de Mendel!

Faiga se afastou. Sabia do passado de Mendel, no navio ele tinha contado a história da suicida. Quando tentava se aproximar, era empurrada e chamada de puta e vagabunda. "Não era ele quem estava naquele leito", disse. O quê, ou quem quer que fosse, repetia que era aquela noiva, e que tinha vindo para levar seu noivo.

Vendo que Mendel definhava a olhos vistos, passados vários dias sem melhora e apavorada com o estado do marido, transformado numa espécie de monstro, e diante da incapacidade de tantos doutores que já o haviam examinado, Faiga, sem saber mais o que fazer, procurou o Rabino Meyer. Ao ouvir a história da noiva de Mendel, o religioso logo suspeitou tratar-se de um *dibuk*, um espírito mau. Era de seu conhecimento um caso semelhante ocorrido na Lituânia: no dia do casamento uma jovem teve o corpo tomado pelo espírito do ex-noivo; não conseguiram libertá-la e ela acabou morrendo. Agora era o contrário: o espírito de uma ex-noiva é que estava tentando arrastar a alma do ex-noivo. Consultou os capítulos do Talmud a esse respeito, separou as rezas adequadas e no dia seguinte veio em socorro de Mendel. Logo conduzido ao quarto do possuído, inclinou-se e perguntou em iídiche:

— Quem é você?

Em resposta, na mesma língua, só recebeu ofensas. O Rabino Meyer insistiu.

— Quem é você?

— Sou Rebeca, a noiva de Mendel! — respondeu a criatura, escarnecendo do religioso.

Trêmulo, o rabino chamou Faiga a um canto:

— É um *dibuk*, não tenho dúvidas.

Faiga chorou, desesperada. Sabia o que era um *dibuk*, um espírito do mal atormentado que penetra no corpo de uma pessoa e faz tudo para levá-la consigo.

O rabino foi saindo para pedir reforço na sinagoga, onde há sempre um grupo de religiosos rezando. Ofegante, mal pisou a calçada, esbarrou no padre espanhol da paróquia local, que ia passando. Com o choque ambos quase foram ao chão. Tão improvável encontro proporcionou um não menos improvável diálogo entre os dois "adversários" teológicos:

— Que pressa é essa? Parece que vai tirar o pai da forca! — disse o padre.

— Foi Deus quem o mandou! — respondeu o rabino, para absoluto espanto do pároco.

— O senhor perdeu a razão? Não vê que estou de batina? E o senhor com esta casaca, este chapéu negro, esta longa barba... deve ser um rabino, certo?

— Verdade, sou um rabino.

O padre ironizou:

— Então, que mal lhe pergunte, por que Deus mandaria um padre ao encontro de um rabino?

— O senhor tem razão, mas sabemos que Deus escreve direito por linhas tortas — argumentou o judeu.

— Admitindo que o senhor esteja certo, o que é que desta vez Deus escreveu por linhas tortas? — prosseguiu o padre.

— É uma questão de vida ou morte! — apelou o rabino.

— Mas já tem mais de dois mil anos que Cristo foi crucificado, sabe o senhor melhor do que eu... — alfinetou o padre.

— Não estou brincando, trata-se de um caso de exorcismo! — completou o rabino.

— Bem, se é contra o diabo, dá para conversar — aquiesceu o padre, topando um acordo contra o inimigo comum.

Ajustados para a guerra, o padre foi informado tratar-se de um *dibuk*, que não é exatamente um anjo caído, mas produz efeitos semelhantes sobre o incorporado.

Padre Alonso — era este o nome do ibérico clérigo católico — correu à sua sacristia e rapidamente retornou, munido de poderoso arsenal: turíbulo, aspersório e água benta. Trouxe também um "Manual do Exorcista". O rabino empunhava somente um pequeno e sonante chifre de carneiro, o *shofar*.

Irmanados, subiram a escadaria da varanda e penetraram no interior da casa, conduzidos por uma estupefata Faiga, que mal podia crer no que via: um rabino e um padre mancomunados para enfrentar um *dibuk*. Na Polônia, a cena seria inimaginável.

Postaram-se um de cada lado do leito. O rabino, autoritário, proferia palavras de ordem extraídas do Talmud, determinando, ora em iídiche, ora em hebraico, que o invasor se retirasse imediatamente do corpo daquele homem puro. Do lado esquerdo da cama, padre Alonso aspergia água benta e impregnava o ambiente com vapores do incensório. E, claro, também ordenava a retirada imediata da perversa intrusa, conforme o receituário de sua religião, muito coincidente, neste ponto, com a metodologia judaica.

— *Vade retro, satanás!* — repetia, incessantemente.

Mas apesar dos cuidados e da distância guardada, foram alcançados pela agilidade do *dibuk*, que, indiferente às palavras de ordem, estapeou a ambos, à direita e à esquerda, e mandou--os para as profundezas em iídiche e espanhol respectivamente.

Novas e inúteis tentativas levaram à exaustão a ecumênica parceria. O *dibuk* continuava cada vez mais forte, e Mendel cada vez mais fraco. Infrutíferos foram também o desvelo e o esforço de Faiga para enfiar um mínimo de alimento pela goela de Mendel. Era tudo devolvido sobre seu vestido branco, misturado a um líquido esverdeado parecendo sopa de ervilha. Por quanto tempo ainda seu pobre marido suportaria a irredutibilidade da ex-noiva, que, aos gritos e aterrorizando a todos, não arredava pé do maligno intento de recuperar seu noivo, mesmo levando-o para fora deste mundo?

A essa altura, com dor no coração, Faiga concordou em prender o infeliz marido com poderosas amarras nas mãos e nos pés. Chamados para a empreitada, dois troncudos "especialistas" de um sanatório revelaram-se insuficientes. Solicitaram então o auxílio de mais dois colegas, e duas horas depois deram o serviço por concluído.

Mas a imobilização do possuído não resolvia o problema. Mendel já era dado como perdido, prestes a sucumbir. Nenhuma medicina ou combate rabínico-clerical dera conta de livrá-lo das garras do espírito do mal. Restavam as frágeis orações dos amigos, dos frequentadores da sinagoga, que após se certificarem de que Mendel continuava fortemente amarrado, agora vinham regularmente.

O tempo corria, cada vez mais envolto em desesperança. Faiga já espelhava no rosto a conformação dos que aceitam aquilo que é "melhor" para o ente querido, mesmo que esse "melhor" não o seja assim considerado pelo senso comum. Havia apelado para tudo, conceituados médicos especialistas em doenças dos nervos, um rabino e um padre exorcistas. Esgotara todos os recursos, físicos e metafísicos. Preparou-se para ficar sozinha no mundo, e só não desesperava por causa do apoio de Moishele.

Vicentina tinha viajado, fora à Bahia comemorar o dois de fevereiro, dia de Iemanjá. Quando retornou, deparou-se com aquela cena grotesca: seu patrão amarrado numa cama, agitando-se raivosamente e xingando quem quer se aproximasse. Viu logo que Mendel não resistiria por muito tempo.

— É um encosto! — afirmou.

Faiga não entendeu. Coube a Moishele esclarecê-la sobre os pontos comuns entre um *dibuk* e um encosto. Vicentina resolveu agir rapidamente. Correu ao quarto e voltou vestida de branco, como uma ialorixá. Pediu que Faiga a deixasse a sós com Mendel e fez sinal para que Moishele a levasse para fora do quarto. Ele entendeu logo o que sua mãe iria fazer.

Vicentina enfrentou a fúria do *dibuk*. Em transe, sua voz também era outra, grossa, masculina; devolvia no mesmo tom todas as imprecações, e com o charuto fumarento expelia grossas baforadas sobre "Rebeca". Do lado de fora do quarto dava para ouvir o estrondo do confronto, parecia a luta desesperada de uma fera contra o implacável caçador.

Pouco a pouco, a intensidade do combate foi amainando. Logo era preciso colar o ouvido na porta para ouvir alguma coisa. O *dibuk* estava em seus estertores, tremiam os dedos dos pés do aprisionado. Era o sinal cabalístico de retirada, tinha terminado a batalha. Mendel ingressou num sono profundo. Em seu rosto, uma clara expressão de alívio. Só acordou na manhã seguinte. Estava livre.

Como explicar a ele um longo e despercebido salto no calendário, o tempo decorrido sem consciência do que ocorrera em seu corpo e sua mente? Concordaram em dar-lhe como causa uma febre muito alta, causada por um vírus.

— Peguei esse vírus na viagem — dizia Mendel, sem saber que estava certo quanto à origem geográfica, mas não quanto ao agente causador.

Por algum tempo o drama ficou em segredo, ninguém lhe contou que fora tomado por um *dibuk*, segundo Faiga, ou por um encosto, conforme Vicentina. E assim ficou preservado até o dia em que, por acaso, Mendel cruzou com Padre Alonso, um dos infrutíferos exorcistas que o haviam acudido. Já estava então fisicamente recuperado e com ótima aparência.

O padre aproximou-se discretamente.

— Desculpe perguntar, mas o senhor não esteve doente? Não teve problemas... psicológicos? — tateava o assunto, não queria entrar de chofre.

Mendel respondeu com naturalidade.

— É verdade, estive muito doente, uma infecção muito forte que me atacou a cabeça, fiquei desacordado durante vários dias até a febre baixar.

— E o senhor não se lembra de nada? Das pessoas em volta, dos médicos que o examinaram?

— Sei que vieram vários médicos, mas não me lembro de nenhum deles.

Uma irresistível curiosidade levou o padre a revelar o segredo combinado na casa de Mendel, onde não passou pela cabeça de ninguém que pudesse ocorrer por acaso um encontro de rua entre o desavisado sacerdote e o "recém-exorcizado".

— Senhor Mendel, não posso deixar de fazer uma pergunta sobre a sua doença.

Mendel não via o que esconder.

— Claro, fique à vontade, até agradeço seu interesse — e brincou: — O senhor... esse interesse pela minha saúde... não está querendo me transformar num cristão-novo, está?

O padre riu. E rindo de volta, também brincou:

— Se fosse no tempo da Inquisição essa sua "doença" o teria levado à fogueira.

Mendel prosseguiu no clima:

— Pobre de mim, o que foi que eu fiz?

— O senhor não fez nada, estou falando do *dibuk*. Que fim levou?

— *Dibuk*?

Mendel franziu a testa; um padre falando em *dibuk*... coisa mais estranha!

O padre se explicou:

— Aconteceu que, passando um dia em frente à sua casa,

ia saindo de lá um rabino que me pediu ajuda. Logicamente, não entendi que tipo de ajuda um rabino podia querer de um padre. Ele disse então que era um caso de exorcismo, não estava conseguindo retirar um *dibuk*, um mau espírito, do corpo de um judeu que morava naquela casa. Claro que não me recusei, fui com ele até seu quarto e vi uma coisa terrível, algo que nunca tinha visto: o senhor gritando com uma voz arranhada, não sei que voz era aquela, se era de homem ou de mulher; xingava todo mundo, tentava desesperadamente se levantar e vomitava um líquido esverdeado. Não tive dúvidas, o senhor estava possuído pelo demo. Corri até minha igreja e voltei com um aspersório, um turíbulo e meu livro de exorcismo. Começamos então, eu e o rabino, cada um com sua liturgia, o nosso trabalho para livrá-lo do tal *dibuk*, que pra mim tem outro nome. Mas não importa que nome tenha, só sei que quanto mais nos esforçávamos, mais agressivo o senhor, quero dizer, o *dibuk* ficava, a ponto de conseguir dar um soco na cara de cada um, na minha e na do rabino.

Mendel não acreditou no padre. Pensou que fosse uma brincadeira de mau gosto, até o momento em que o ouviu dizer:

— O mau espírito tinha até nome de gente! É uma das artimanhas do demo, assume a identidade que quiser. Esse dava o nome de uma mulher, dizia que era Rebeca, sua ex-noiva, e que tinha vindo buscá-lo.

Nesse instante, o que era apenas um encontro fortuito de vizinhos deixou Mendel nervoso. A menção àquele nome significava que havia alguma coisa oculta, algo que ele desconhecia. Não podia ser apenas uma coincidência. Tinha que descobrir o que realmente se passara no tempo em que esteve inconsciente.

O dibuk, Padre Alonso, Rebeca, o Rabino Meyer... Uma torrente de incertezas tomou conta de sua mente: *Então não foi uma febre? Nem uma espécie mais violenta de vírus?* Ao mesmo tempo, por associação, lembrou-se de ter ficado um bom tempo defronte da casa de Rebeca em Ostow. *Será que...* Era impossível, *dibuks* não existem, era coisa do folclore judaico. *Então era por isso que estava envolto numa cortina de carinhoso silêncio familiar*, concluiu.

Procurou um modo sutil de descobrir a verdade sem demonstrar que sabia de alguma coisa. No dia seguinte, chamou
Moishele para caminhar na praça do bairro e tomar um sorvete.
Sentaram-se num daqueles aprazíveis bancos de tábuas hori-
zontais, sob uma frondosa árvore do lugar. Entre uma lambidela
e outra, com disfarçada displicência, Mendel puxou o assunto
que o afligia e jogou a isca:

— Você sabia, Moishele, que fui possuído por um *dibuk*?
Moishele ficou estático. O que deveria responder? Mendel falava como se tivesse conhecimento de tudo. Mas como?
Estava combinado fazer segredo sobre o que se passara durante
o período em que estivera "doente". Fez-se de desentendido.

Mendel, sem tirar os olhos da casquinha de sorvete, continuou:

— *Dibuk...* Um espírito que entra na gente e não quer
mais sair. E nos deixa muito doentes, violentos, cada vez mais
fracos.

Moishele mordeu a isca:

— Quem te contou, Mendel? Minha mãe e Dona Faiga
combinaram não dizer nada, pro seu próprio bem; uma coisa
horrível daquela...

— Horrível como?

Moishele hesitava, não queria provocar um choque des-
crevendo o que havia presenciado.

Mas Mendel insistiu; disse que estava bem, mas precisava saber o que realmente tinha acontecido enquanto estivera
inconsciente. E acrescentou que essa história de *dibuk* era puro
folclore, coisa muito antiga, de séculos passados, agora ninguém
mais levava a sério.

Moishele, então, fez a descrição de seu quadro patoló-
gico desde os primeiros sintomas: um estado de profunda depressão, que foi evoluindo para uma agressividade incontrolável, um jeito de falar rouquenho, indefinido se de homem ou de
mulher, mas que dizia ser Rebeca e que tinha vindo para levar o
noivo; e o entra e sai de tantos médicos assustados e apressados,
cujas receitas de nada serviram. E a nova tentativa do rabino

acompanhado de um padre, após terem concluído que era um caso de exorcismo. Tampouco um toque de *shofar* surtiu efeito. Mendel ouviu tudo calado. Não fez questão de saber mais do que lhe foi dito. Pensou em Faiga. Como ela pôde suportar esses dias de horror? Médicos especialistas, enfermeiros do hospício, o inusitado de um padre formando dupla com um rabino... E o marido se retorcendo como um bicho amarrado à cabeceira da cama. *Sim, senhor, que belo espetáculo!* E o que é pior, a falta de um diagnóstico médico acurado. Um curioso chegou a palpitar um nome para aquilo: histeria.

O melhor mesmo era ele também fingir que nada tinha acontecido. O perigo era o padre tagarela. *Se a vizinhança me olhar diferente e se desviar na rua, será certo que a notícia já se espalhou: o judeu estava com o diabo no corpo!* Teria de se mudar para outro bairro. E se o rabino quebrasse o pacto de sigilo? Correria o risco de ouvir gracinhas na Praça Onze: "Mendel, como vai sua noiva *dibuk*?" Não se conformava; como acreditar nisso em pleno século XX?

Sem motivo aparente, Mendel descalçou um sapato, tirou a meia e ficou olhando as pontas dos dedos dos pés. Nem ele mesmo admitia o que estava fazendo: é que segundo velha crença judaica o *dibuk* sai do corpo da pessoa pelos pés, deixando minúsculos pontos de sangue na ponta dos dedos, "ignorância medieval, claro!" Calçou-se de novo e sentiu-se um tolo. Não havia nada para conferir.

— Por que você fez isso? — perguntou Moishele.

— Isso o quê?

— Tirou o sapato e a meia e ficou examinando os dedos dos pés.

Não havia a menor possibilidade de Mendel responder. Ia se sentir ridículo, então inventou um motivo:

— Uma irritação, estava me incomodando.

— Na ponta dos dedos?

— É, mas já passou.

— Curioso...

— Curioso por quê?

Moishele contou como tudo tinha acontecido, a chegada de Vicentina, o modo como ela se vestiu toda de branco, entrou no quarto dele e trancou a porta. Em seguida, o barulho medonho vindo lá de dentro e, de repente, o silêncio. Estava terminado. Ela abriu a porta e Mendel dormia um sono tranquilo, livre das amarras.

— Mas o que tem isso a ver com eu ter tirado o sapato para olhar meu pé? — quis saber Mendel, com uma ponta de nervosismo.

Moishele justificou:

— Assim que nós entramos no quarto, Dona Faiga correu para olhar os dedos dos seus pés.

Juntou-se ao nervosismo a ansiedade de Mendel.

— Pra quê?

— Ela disse que o mau espírito tinha ido embora, pois havia umas pintinhas de sangue nos seus dedos dos pés. "Por ali é que o *dibuk* tinha saído", ela disse.

Mendel se calou, porque ouvira dizer várias vezes em Ostow que era "assim que o *dibuk* sai". E ninguém mais falou em *dibuk*. Mendel não demorou a esquecer o que lhe fora contado, ele mesmo não tinha memória de nada, como se estivesse anestesiado todo o tempo. Mas agora meditava: *Um rabino e um padre juntos para me exorcizar... Que absurdo! Nunca se ouviu falar em coisa igual; e tudo inútil, ainda apanharam do* dibuk!

A falta de uma explicação lógica, porém, não o deixou tranquilo. Ficou à procura de uma resposta adequada ao século. Tentou um dos especialistas que o tinham atendido, o também judeu Dr. Bernardo Garbowsky:

— Doutor, por favor, diga o que foi que aconteceu comigo. Tive algum acesso de loucura? Fico preocupado só de pensar nisso.

— Assim que o vi, pensei logo num ataque de histeria muito violento, ou até mesmo numa esquizofrenia. A primeira coisa que tentei foi tentar adormecê-lo, você estava muito agressivo, nunca tinha visto um paciente com tanta ferocidade, você queria agredir todo mundo; incompreensivelmente, dizia que era a sua ex-noiva Rebeca vindo buscar seu noivo... Não era uma voz normal.

Mendel foi direto ao ponto:

— Sim, doutor, mas qual é seu diagnóstico?

— Para ser franco, o que o senhor teve não se enquadra em nenhum diagnóstico, aproxima-se de uma histeria, mas não nesse grau. Também conversei com os outros médicos que o examinaram.

— E o que eles disseram?

— Concordaram comigo. Ninguém chegou a uma conclusão, exceto...

— Exceto...?

— Esquece, não foi nenhum médico, não leve a sério.

— Sim... mas quem foi?

— Minha mãe, uma judia polonesa, imigrante como você; sem citar o nome, contei seu caso pra ela.

Olhando fixamente para o médico, Mendel mostrou-se mais ansioso pela opinião da mãe do doutor do que pelo parecer médico.

— E o que foi que ela disse?

De brincadeira, o médico, rindo, fez uma cara de terror:

— Disse que era um *DIBUK*!

Mendel fingiu que ria também e apressou-se em sair.

No dia seguinte, foi ao rabino e pediu uma reza para sua ex-noiva Rebeca.

8. O colégio de Moishele

Moishele terminara o curso ginasial e ia começar o científico. Depois tentaria entrar para uma faculdade. Foi à missa de formatura e não se sentiu um peixe fora d'água na igreja católica, embora não tão à vontade como no centro de umbanda ou na sinagoga. Sua fé não era exclusivista, encontrava respostas e amparo nas três religiões. Não precisava nem cogitava adotar ou ser adotado por uma delas. Assim fora criado por Mendel, que não via com bons olhos qualquer exagero que beirasse o fanatismo e achava constrangedor o proselitismo de fé. Uma vez, Moishele entrou "clandestinamente" num confessionário e gostou da novidade, mas omitiu que não era batizado. Acabou confessando aquilo a que geralmente são induzidos os adolescentes, com ênfase nas coisas sexuais; a "leitura" de revistas eróticas, masturbações etc. Sem entender a razão daquele estranho interrogatório, Moishele abandonou inopinadamente o pequeno recinto e seu confessor. Por acanhamento, não contou a experiência a ninguém.

Também aprendera com Mendel que Deus, mesmo com nomes diferentes, é um só. Quanto à umbanda, não via conflito, pois o sincretismo, inteligentemente, aparava as arestas da crença e da devoção. Além disso, a história da criação da Torá, no Velho Testamento, era ponto comum de várias religiões. Mas tendo iniciado vida social, Moishele viu-se na necessidade de dar resposta à pergunta que, naqueles anos, se costumava fazer com alguma frequência: "Qual a sua religião?"

Não podia dizer-se judeu, católico ou umbandista sem faltar à verdade. Muito menos que praticava as três religiões, ou nenhuma. Por isso, agia de maneira prática. Dizia que era católico para não causar estranheza, apenas por dizer, pois também lhe perguntavam só por perguntar, assim como se pergunta a alguém qual seu time de futebol ou prato preferido. De namorada em namorada, para efeito externo, era católico no dia a dia.

Se alguma delas o chamava à missa de domingo, ia com naturalidade; no princípio, procurava imitar os movimentos dos fiéis e repetir o que ouvia, desde a entrada, na pia de água benta, até o último canto de louvor. Acabou aprendendo a ordem da liturgia e fazia questão de colaborar com a sacola de ofertas. A formalidade da missa não o sensibilizava, mas eventualmente gostava dos sermões de um velho padre, que sempre alfinetava os que "acumulam tesouros na Terra". Iria questionar Mendel se isso se aplicava ao dinheiro guardado no cofre ou no banco.

Na nova fase escolar, logo na primeira aula, deixou-o muito impressionado a personalidade do professor de Física, um jovem também negro que falava com muita firmeza; era desses em cuja aula não se dorme. Depois de discorrer sobre a abrangência do programa, anunciou o ponto da próxima aula, a bem dizer, a primeira propriamente dita: a "Origem do Universo".

Muito animado com a nova matéria, Moishele comentou com Mendel que tinha um professor negro, e que gostara muito da aula dele. Antes, via essa matéria como um bicho-papão, o que era voz corrente entre os colegas. Mas o professor Amauri não só o deixava tranquilo, como ansioso pela próxima aula.

— Será sobre o quê? —Mendel indagou.

— O professor Amauri vai explicar a origem do universo.

— Não é muito difícil, está na Torá — acrescentou Mendel.

— Mas não é aula de religião, é de Física.

— Não importa. Todos sabem, até os cristãos, que Deus fez o mundo em seis dias e no sétimo descansou. Por isso temos o *Shabat*, dia do descanso — concluiu Mendel, taxativo.

— Não entendi direito, mas ele chegou a falar numa grande explosão que foi o começo de tudo — lembrou Moishele.

Mendel, intrigado, ficou pensando nessa história de explosão. *Que explosão seria essa? Acho que Moishele entendeu errado; o professor, com certeza, vai falar sobre a bomba atômica, criada por Einstein, que era judeu também.* Em todo caso, fez uma releitura do Gênesis e nada encontrou a respeito dessa novidade.

Na aula seguinte, quando Amauri disse que o universo resultara do *Big Bang*, a explosão de uma pequena bola cheia de energia que se espalhou pelo vazio, formando os planetas e as estrelas, Moishele sorriu, achou que ele estava brincando. Quando se convenceu de que era realmente uma teoria científica, não manifestou logo sua incredulidade. Teve vontade de correr para casa e contar a Mendel: "Uma explosão! Coisa sem cabimento!"

O professor ainda acrescentou que em três segundos o Universo já estava pronto, com todos os astros e galáxias. *Então, nada de seis dias de trabalho divino, nada de descanso no sábado, nem no domingo...* Para sua maior decepção, olhou em volta e viu que os outros alunos estavam magnetizados pela novidade. *Como a explosão de uma pequena bola podia ser tão grande?* Moishele anotou uma fórmula que o professor tinha escrito no quadro: $E=mc^2$.

Quando contou a Mendel o que tinha aprendido, Moishele esperava dele uma reação indignada. Entretanto, ao saber que essa teoria da explosão criadora do Universo era um corolário da fórmula do judeu Einstein, Mendel pôs-se em estado altamente reflexivo: *Se Einstein disse é porque tem fundamento.* De qualquer forma, não ficou preocupado. Einstein nunca dissera nada contra o *Shabat*.

Moishele ficou perplexo. Ali estava Mendel, diante dele,

admitindo que o mundo poderia ser fruto da explosão de uma bolinha. Inconformado, mais do que isso, desorientado, procurou Vicentina e pediu-lhe que interviesse junto aos orixás para botar luz na cabeça do professor, que, mesmo sendo negro, com raízes na África, defendia uma nova teoria absurda para a criação da Terra.

Não encontrou apoio. Vicentina se esquivou de entrar nessa seara, disse apenas que era coisa de branco e que o professor, sendo negro, não devia se meter nisso.

— Os orixás é que criaram e governam o mundo.

Enredado nos princípios sagrados da múltipla fé religiosa que construíra para si, com cimento judaico, umbandista e católico, depois daquela aula sobre o *Big Bang* Moishele foi pouco a pouco se modificando. Começou a pensar, a questionar, a duvidar...

— Mendel — insistia — será que foi assim mesmo? Uma explosão deu origem ao Universo?

— Moishele, você ainda está pensando nisso? Os cientistas podem dizer o que lhes vem à cabeça, e a isso dão o nome de "teoria". Afinal, ganham pra isso. Como Deus criou o mundo sempre será um mistério. Há coisas tão insignificantes, que mesmo assim permanecem misteriosas, que dirá a criação do mundo! — e prosseguiu, professoralmente: — A fórmula da Coca-Cola, por exemplo, ninguém sabe qual é. É um segredo que os fabricantes guardam a sete chaves.

— E o que a Coca-Cola tem a ver com a criação do mundo?

— Ora, Moishele, se nem os donos da Coca-Cola revelam como é ela é feita, Deus vai sair por aí dizendo como foi que ele fez o Universo?

Durante algum tempo, no cérebro do adolescente Moishele, a milenar sabedoria judaica adaptada por Mendel à Coca-Cola se equilibrou no confronto com a moderna sabedoria científica trazida à sala de aula. Era 1952, a teoria do *Big Bang* tinha apenas dois anos.

Mendel e Moishele se amavam como pai e filho, e Mendel gostava dessas novidades científicas que Moishele trazia do colégio. Na Polônia, estudara principalmente em escolas não oficiais, escolas caseiras em que o *melamed*, o professor, ensinava apenas coisas da religião. Mais tarde chegou a estudar matérias seculares numa escola pública implantada pelo governo em sua cidade, mas só por dois anos. Agora, acompanhando o aluno Moishele, sentia-se estudante também, e era insaciável a sua curiosidade; continuou pedindo-lhe explicações sobre o *Big Bang*. Em determinado momento, a revelação científica começou a ser confrontada com o que tinha estudado na escola do *Reb Avrum*, onde aprendera a rezar e decorar passagens da Torá. O paradoxo ciência x religião foi aos poucos se instalando em sua mente, até sua mulher notou que ele andava distraído: antes de se deitar, às vezes se esquecia da oração habitual, ou de pôr a *kipá*.

— O que está acontecendo, Mendel? Tem alguma coisa te preocupando? — Faiga quis saber.

— Foi uma coisa que ensinaram na escola do Moishele.

— Alguma coisa contra os judeus?

— Não... É uma coisa do Einstein — Mendel começou a explicar o que "sabia".

— Einstein? Que Einstein?

— Ora, Faiga, você não sabe quem é Albert Einstein?

— Aquele iídiche da bomba atômica?

— *Yó, yó...* aquele iídiche da bomba atômica! — aquiesceu Mendel, na gíria asquenazi.

— E o que ele fez dessa vez? Outra bomba mais forte ainda?

— Dizem que ele tá ensinando que houve uma explosão tão grande, chamada *Big Bang*, que deu origem ao mundo todo.

— O mundo todo?

— É... Todas as estrelas, todos os planetas, a Terra, a lua, o sol...

— Não seja tolo! Você acredita numa coisa dessas? Só porque é um iídiche você tem que acreditar em tudo o que ele diz? Pra mim ele está *meshugge*,[32] com aquela língua de fora.

— Preciso falar com o rabino. Se for verdade isso que o professor do Moishele ensinou, se Deus criou o mundo num minutinho, então Ele não precisou descansar.

— E daí?

— Se Ele não descansou, então não tem o *Shabat*, que é também o dia do nosso descanso, embora Einstein não tenha falado nada sobre isso.

— Quem vai gostar de saber disso é o Yankel, ele sempre se queixa de perder a féria do sábado — concluiu Faiga.

Desde que tomara conhecimento do *Big Bang*, guiado por Moishele, Mendel começou a prestar atenção no firmamento. Contemplava os astros e divagava sobre o início de tudo, tentando encontrar um elo entre o Gênesis e as aulas do professor Amauri. Uma coisa puxa outra, e acabou comprando um telescópio pedido por Moishele. Ficou maravilhado quando "descobriu" os anéis de Saturno, e a Via Láctea o deixou sem fala.

Sem que desse pela coisa, estava se tornando um empírico "homem de ciência". Moishele, munido de um mapa de Astronomia, o fazia cúmplice de suas incursões cósmicas. Entretanto, quando Mendel soube que aquela poeira da Via Láctea pontilhada de brilhantes nada mais era do que um enxame de bilhões de estrelas, teve uma recaída: *Einstein que me desculpe, mas aquilo não pode ser produto de uma explosão, seja lá do que for*. E naquela noite mesmo, para tranquilidade de Faiga, voltou a ser o mesmo Mendel de antes. Rezou até com maior contrição e pediu perdão por ter posto o *Shabat* em dúvida.

Moishele ia por outro caminho. Suas múltiplas referências espirituais tinham agora tintas mais aguadas. Tinha conhecido Galileu, que não fora crucificado, mas sim obrigado pela Igreja a renegar sua revolucionária descoberta, segundo a qual a Terra não era o centro do universo e girava em torno do sol. Copérnico, Giordano Bruno e Newton eram seus novos profetas,

---

32 Do iídiche: maluco.

seus novos santos, seus novos orixás. Sabia de cor e conhecia "de vista" todos os planetas, na ordem de distância do sol: Mercúrio, Vênus, Terra, Marte, Júpiter, Saturno, Urano, Netuno e Plutão.

Outras matérias do currículo também o desviavam do aconchego imaterial da religiosidade, como o vento forte afasta o navegante de um porto seguro. Um excêntrico professor de "Moral e Cívica" incutiu de forma embrionária algumas gotas socialistas, ensinou que "a religião é o ópio do povo" e explicou esse "efeito de ópio": prometia a felicidade no outro mundo, não importava ser pobre aqui na Terra, a missão dela era garantir a felicidade eterna; mas só no céu. À moda dos catequistas, insistia na máxima: "Toda propriedade é um roubo!" Acabou demitido do vetusto "Ateneu Barbosa de Oliveira", mas já havia feito um bom estrago na cabeça de Moishele, que passou a olhar de esguelha toda crença religiosa e, por sua conta, relacionou o que aprendera naquelas aulas à condição de escravatura dos seus avós e de todos os cativos que eram propriedade de um dono: "Se toda propriedade é um roubo, todo senhor de escravo é um ladrão". Foi felicitado por tão brilhante conclusão lógica, e gostou da intimidade demonstrada pelo professor, que o abraçou e chamou de "camarada". Ficou triste com sua demissão.

Alguns pais tinham se queixado, dizendo que ele era comunista, e para não correr risco, o diretor do Ateneu colocou um militar reformado em sua vaga. Vinte anos mais tarde, Moishele o encontrou numa foto junto com vários "subversivos" que tinham sido trocados por um embaixador sequestrado.

O corpo discente ficou dividido no caso do professor afastado, e ficaria outra vez em lados opostos num tenso episódio que teve como estopim um choque entre o professor Alencar e seu aluno negro.

9. O CONFRONTO

Foi no Ateneu que Moishele teve, pela primeira vez, contato com uma autêntica e explícita manifestação de racismo antissemita. Alencar, o professor de História Geral, tinha sido membro do Movimento Integralista que vicejou no Brasil nos anos 1930 e 40, com forte penetração na área militar e entre renomados intelectuais, e se espelhava no ideal fascista.

Numa aula sobre a Segunda Guerra Mundial, sadicamente — não havia referência ao fato no livro de história adotado —, Alencar falou sobre os campos de concentração para onde os judeus tinham transportados e mortos em câmaras de gás: "Foram exterminados milhões de judeus em toda a Europa!" E perguntou à turma, repercutindo uma piada cruel e surrada: "Vocês sabem como os judeus saíam do campo de concentração?" E ele mesmo respondeu, com uma risada: "Pela chaminé! Todos os jacós, isaques e saras foram postos em fornos crematórios e viraram fumaça!"

Até aquele dia Moishele nunca fora alvo de discriminação por ser negro; mas sentiu-se profundamente ferido por aquela "lição" sobre os judeus. Absurdamente, o professor Alencar não encarava a matança de judeus como uma tragédia, nem indiferente se mostrava. Ao fazer daquilo uma piada, mostrava a Moishele que a ideologia nazista deixara sementes, até mesmo ali, naquele colégio, naquela sala, menos de uma década depois do Holocausto.

O que ocorreu depois foi algo absolutamente imprevisível. Dois alunos judeus da sala baixaram as cabeças. Magoados e impotentes, não reagiram, permaneceram em silêncio e até envergonhados pelos olhares e gargalhadas zombeteiras de alguns colegas. Moishele, entretanto, não se conteve, e reagiu explosivamente. Sentiu o tripudio não só por solidariedade aos exterminados, mas por si próprio. Seu "sangue judaico" ferveu.

Levantou-se revoltado e não mediu as palavras. Gritou bem alto para o Alencar:

— Se fosse sua mãe que tivesse saído pela chaminé, o senhor estaria agora fazendo piada?

Um frêmito percorreu a sala, calaram-se todas as vozes. Um ódio instantâneo ruborizou a face crispada do professor, e sobre ele se concentraram todos os esbugalhados olhos da turma. A violenta reação de um menino negro em defesa dos judeus, no tom que se deu, desnorteou Alencar. Não alcançava a razão, não via lógica naquela atitude, um negro tomando as dores de judeus era algo novo para ele, nunca vira gesto assim.

Um clima raivoso prenunciou o entrevero, havia um desafio no ar. Alencar percebeu que tinha se excedido, que cometera um grave deslize ao fazer transbordar sua polêmica tendência ideológica num rompante desnecessário. O disparo de Moishele o deixara contra a parede, estava à beira da desmoralização. Tinha que ser drástico. E foi. Pôs o desafiante para fora de sala e o encaminhou ao diretor.

Moishele recebeu uma suspensão de dois dias. Nunca tendo sofrido por causa da pele uma agressão discriminadora, agora sofria, ironicamente, por manifestar repulsa à zombaria que atingira um sentimento assimilado. Nesses dois dias teve pesadelos estranhíssimos, sonhou que era um escravo no tombadilho de um navio negreiro sendo açoitado por nazistas da SS.

Quando contou a Mendel o que tinha acontecido, que fora suspenso por reagir ao escárnio do Alencar, o fez na expectativa de uma reação que, tinha certeza, viria de alguém diretamente ligado à ofensa. Mendel não ficaria impassível, iriam juntos ao diretor denunciar o preconceito. Logo de quem... de um professor de História, que não ignorava a execução tão recente nos campos de extermínio do leste europeu.

Mendel, no entanto, não exteriorizou sua repulsa. Ao contrário, permaneceu calado; sentiu a injustiça cometida pelo diretor, mas não se dispôs a protestar, não mostrou sua ira porque o fato não o surpreendeu. Durante séculos, ora por motivo religioso, ora por pretexto racial, os filhos da Torá nunca viveram em paz. A manifestação do professor em plena sala de aula era como uma fagulha perdida, como as que frequentemente escapam de grandes incêndios. Quantas vezes, mesmo em lugares públicos, não escutara frases soltas de conversas alheias, tais como: "Hitler devia ter acabado com todos!"

Por seu lado, Moishele não trazia na alma a herança de um conformismo atávico. Tinha espírito guerreiro, não entendia tanta acomodação. Afinal, há pouco, na própria Polônia, tinham visto sinais remanescentes da barbárie; haviam estado lá, pisado no solo onde tudo aconteceu. Pensou em lutar, mas sem Mendel, não tinha como. Teria que aguardar pacientemente o decurso do prazo de suspensão. Tinha como recuperar as aulas perdidas, colegas o poriam a par de tudo. O que doía mesmo era a dor da injustiça, e disse isso à sua mãe.

Vicentina ouviu em silêncio e não disse nada. Não precisava. Moishele a conhecia bem, seus olhos diziam tudo... No momento certo, seu orixá iluminaria o caminho a seguir.

Findo o prazo de punição, Moishele correu para o colégio, ansioso para voltar à turma; assistiria à aula de História como se nada tivesse acontecido, e esperava que o professor também desse o episódio como encerrado. Mas no portão foi barrado pelo inspetor de alunos, que o levou à sala do diretor. Soube, então, que não fora apenas suspenso. Sob pressão de Alencar, que era fortemente amparado nas esferas políticas em virtude de seu passado dentro do Integralismo, o diretor, que também fora uma figura — menos destacada — do movimento fascista, comunicou a Moishele que ele estava expulso.

Moishele conteve o choro até chegar em casa. Mendel já tinha saído para o trabalho. Coube a Vicentina ouvir o epílogo da história, agora com todos os detalhes, desde a chacota com os judeus cremados em campos de concentração até o comunicado que acabara de receber do diretor.

Calmamente, Vicentina disse a ele para não se preocupar, que fosse para o quarto e continuasse estudando pelos livros para compensar as aulas que estava perdendo. Suas palavras vinham carregadas de uma firmeza contagiante. Tranquilo, embora sem saber exatamente por que, Moishele fez o que ela mandou.

Na manhã seguinte, em frente à fachada do colégio, na calçada oposta, separada pelo asfalto da rua, lá estava ela, vestindo uma blusa de renda branca, saia rodada, longos colares, a cabeça coberta por um turbante. Sentou-se no meio-fio, abriu um pano branco no chão e pôs sobre ele uma estatueta de São Jorge, fitas vermelhas e uma garrafa de cachaça. Em seguida acendeu uma vela.

O colégio era uma longa construção de forma retangular ao pé da calçada, coberta de telhas francesas e com várias janelas das salas de aula, que se abriam direto para a rua. O próprio gabinete de Veloso, o diretor, também era assim disposto. Além do asfalto, um pouco acima, ficava a Igreja Matriz, com seu grande jardim. Para sua pequena guerra não declarada, Vicentina acampou entre um templo da fé católica e um templo do ensino, em linha reta com a janela da Diretoria.

A primeira incomodada foi Dona Irene, professora de Desenho. Ao entrar na sala de aula, sua perspectiva atravessou a janela e bateu lá fora, onde Vicentina instalara seu "quartel general". Nervosa, correu à sala do diretor:

— O senhor já viu?

— Viu o quê?

— Abre a janela que o senhor vai ver.

Veloso, movido pela curiosidade, levantou-se num salto brusco e empurrou as duas folhas da janela de madeira, escancarando o arsenal esotérico que do outro lado da rua uma negra com vestes da religião africana vigiava.

— Macumba! Uma macumbeira bem em frente ao colégio, em plena luz do dia! — bradou.

Dona Irene fez coro com a explosiva revolta do Veloso:

— Que absurdo! Nunca vi tamanho desplante na minha vida!

Veloso assumiu ares de comando.

— Vou dar um jeito nisso! Agora mesmo!

Foi até a porta do gabinete e gritou para a secretaria na sala ao lado:

— Freitas!

Freitas, desconfiado, não atendeu no primeiro chamado. Só apareceu depois que Veloso, esgoelando, cansou de tanto chamar. Chegou inquieto, justificou logo que estava no banheiro, pois temia as broncas do chefe. Na verdade, já tinha visto "aquilo", e adivinhava o motivo da insistente convocação. Veloso o levou à janela e mostrou a cena que lhe estava dando nos nervos.

— Que absurdo! — reagiu o funcionário, subserviente, no mesmo diapasão da professora Irene, apoiando a já conhecida fúria estampada nos olhos do chefe, que fixavam e refletiam a imagem da mulher do outro lado da rua.

E veio a ordem:

— Vá até lá e diga pra ela ir *Shabat* noutro lugar!

Freitas hesitou um pouco, mas não viu outro jeito.

— Sim senhor! — respondeu o trêmulo subalterno. Fingindo ar resoluto, o pobre capacho atravessou a rua e chegou à calçada oposta, em cuja beira Vicentina permanecia entrincheirada.

Aproximou-se, pôs-se ao lado dela e, educadamente, transmitiu o recado do diretor. Vicentina o ignorou. Continuava de olhos fixos no colégio, diretamente na janela da qual Veloso e Dona Irene espreitavam. O diretor percebeu a tibieza de Freitas ao falar com a mulher; achou-o muito frouxo, não havia convicção em seu gesto. E não gostou da atitude dela, que sequer virou a cabeça na direção dele enquanto ele monologava, como se ninguém estivesse ali.

Dado mecanicamente o recado, Freitas retornou apressado para comunicar o cumprimento da missão.

— Falei com ela, exatamente como o senhor mandou.

Veloso se exasperou:

— Mas como? Seu pamonha! A macumbeira nem olhou pra você; enquanto você falava, não desviou os olhos daqui, acho até que estava me encarando de propósito, tá querendo me tirar do sério, mas não vai conseguir!

Veloso não parava de esbravejar, e Dona Irene só fazia repetir:

— A que ponto nós chegamos!

— O senhor quer que eu volte lá? — propôs Freitas, "corajosamente", torcendo para não ter que atravessar novamente a rua ao encontro do "inimigo".

— Não senhor, não vai adiantar nada, ela não se moveu um centímetro, vi o jeito que você falou — e imitou o balbuciante bedel. — Acho até que você pediu "por favor". Agora você fica aqui, senão desmoraliza o estabelecimento. Eu mesmo vou lá! Se for preciso, chuto aquela tralha toda!

A professora Irene discordou, mas num tom que as pessoas usam, não para contrariar alguém, mas justamente para disfarçar sua bajulação:

— Não, senhor! Me desculpe, mas não tem cabimento o próprio diretor do conceituado Ateneu Barbosa de Oliveira batendo boca no meio da rua com uma macumbeira. Por favor, o senhor fique aqui!

A princípio, por alguns minutos, Veloso manteve-se firme em sua aparente disposição de ir em pessoa efetuar o despejo. Mas como a própria professora insistia em lhe dar fortes motivos para se resguardar, aceitou a argumentação sem demonstrar o alívio que verdadeiramente sentia, fingindo-se mesmo bastante contrariado. E recuou da empreitada. Mas sua ira precisava de uma válvula de escape.

— Isso é coisa do Murilo, que nunca se conformou em

perder a disputa pela diretoria do Ateneu. Medíocre daquele jeito, um professor de Geografia que não sabe nem quanto mede o Pico da Bandeira, como quer dirigir um colégio como este? Só pode ser ele, apelando pra macumba!

Alguém pouco realista chegou a sugerir que o Instituto Nelson Rebello, colégio rival dirigido por um esquerdista, tinha dedo nisso. Dona Irene propôs uma tática de alheamento:

— Vamos fechar todas as janelas frontais até ela se cansar de nossa indiferença. De qualquer modo, depois das aulas vamos todos embora, se ela quiser que fique aí sozinha com sua "coisa", olhando para as paredes e janelas fechadas — pontificou.

Veloso concordou de pronto.

— Excelente ideia! Se a intenção dela é nos assustar, vamos fingir que ela não existe. Tudo voltará à rotina normal. Além do mais, precisamos dar o exemplo; uma casa de ensino não pode se preocupar com superstições — pontificou.

Lá fora, alheia às confabulações do "estado maior" na sala da Diretoria, Vicentina não dava sinais de cansaço. Prosseguia inabalada, o olhar concentrado em seu "alvo", a fachada do Ateneu, como se tivesse a intenção de fazê-la desmoronar, não deixar pedra sobre pedra. Nem o Diretor nem qualquer dos pressurosos áulicos se ocupou em descobrir se havia algum motivo concreto para o despacho ou quem realmente o teria encomendado. "Despachos" sempre têm uma direção. Apenas o desconforto da cena os mobilizava, os professores mais chegados e previsíveis agregando-se solidários à revolta.

Entretanto, Vitório, professor de latim, por sinal o mais sabujo, deu uma preciosa informação aos revoltados: um aluno seu sabia quem era a macumbeira. E fez a bombástica revelação:

— É a empregada da casa de um judeu, mãe do aluno expulso!

Num instante ficou tudo claro para eles. Em sua extrema ignorância, a mulherzinha pretendia amedrontar os supersticiosos e fazer a Diretoria voltar atrás em sua decisão, isto é, revogar a expulsão. E deram boas gargalhadas.

— Hahaha! — desdenhou Veloso. — Se assim fosse, eu

não poderia dar um passo aqui no Ateneu sem antes consultar um pai de santo. Além do mais, o rapaz fez por onde, ou ofender a genitora de um professor em plena sala de aula é pouco? — e, megalomaníaco, comparou-se ao Todo-Poderoso: — Por muito menos, Deus não expulsou Adão do Paraíso?

O professor Murilo arriscou uma observação:

— Não houve direito de defesa!

Vindo logo de Murilo, eterno postulante ao seu cargo, o diretor não engoliu em seco. E excedeu-se na réplica, tomando as dores de Alencar, suposto ofendido.

— Você diz isso, Murilo, porque não foi sua mãe que ofenderam!

Murilo ainda tentou fazer com que considerassem o motivo do bate-boca, lembrou que tudo começara com a piada maldosa sobre os judeus. Veloso achou ridícula a sugestão.

— E por acaso o rapaz é judeu? Você sabe de algum judeu negro morto num campo de concentração? Se não sabe, pergunte ao Gilberto, também professor de História. Está claro que o aluno não sofreu ofensa pessoal alguma; tanto assim, que havia dois alunos judeus na classe e eles não se importaram com a brincadeira, que, quando muito, podemos até achar que não foi lá de muito bom gosto, mas não teria por que provocar reação tão desproporcional de quem não tem nada com isso. Portanto, o malcriado foi bem expulso, e expulso vai continuar!

O episódio que transtornou a cabeça do diretor e alterou a rotina do Ateneu tivera início na manhã de uma sexta-feira, com a chegada de Vicentina. Não houve modificação do quadro até o final do expediente, quando alunos e funcionários foram para casa. O diretor, raivoso, olhando de esguelha para a calçada em frente, foi embora também. Afinal, sábado e domingo, dois dias sem aulas, seriam suficientes para apagar a lembrança da mulher; na outra semana a macumbeira já estaria *macumbando* noutro lugar, no máximo pediria ao padre da igreja em frente para benzer a calçada e todas as salas do Ateneu, especialmente seu gabinete.

Quando Veloso chegou na segunda-feira, viu que alguns

professores já o aguardavam à porta do Ateneu. Olhou para o outro lado e explodiu, num ódio comparável ao do Capitão Ahab quando avistou a baleia Moby Dick, que já lhe tinha arrancado a perna. Vicentina continuava lá, imóvel em seu traje branco, ao lado do mesmo "trabalho" estendido sobre a toalha. Impassível, apenas olhava, ou melhor, "fazia mira" como antes, sobre a fachada do Ateneu. Entre os que o esperavam, estava também agora o Padre Félix, pároco da igreja vizinha, cuja presença visava uma união de forças para afugentar a emissária do maligno.

O Ateneu estava alvoroçado. Apesar do forte calor, ninguém abria as janelas frontais, para não desviar a atenção dos alunos na direção da misteriosa mulher do outro lado da rua. Padre Félix não cansava de imprecar contra tamanho sacrilégio, uma grande afronta. Ali não era lugar para coisas do diabo ou assemelhados! O que fazer? Macumba em plena luz do dia, sol a pino, não era tão incomum, e a recente Constituição de 1946 garantia a liberdade de culto. "Mas não podia dar cobertura àquele abuso, que perturbava o funcionamento de uma casa de ensino e revoltava as ovelhas de sua igreja", vociferou.

— É caso de polícia! — opinou o sacerdote.

Todos concordaram. Encorajado pela circunstancial unanimidade, Veloso correu ao telefone. Conhecia o delegado Ariosto, e transmitiu-lhe com todas as letras o horror da situação, o prejuízo irreparável das aulas interrompidas pela ignorância e fanatismo de uma provável analfabeta, ali, nas suas barbas, inacessível e desafiadora. Cientificamente, o delegado não viu relação de causa e efeito entre uma coisa e outra. Mas, ciência à parte, podia perfeitamente imaginar a angústia de Veloso. Mesmo gente muito importante e culta costumava passar ao largo de um despacho, ainda mais daquele jeito, com a presença da própria responsável.

Não demorou nada, chegou uma patrulha. Dois policiais militares saltaram da viatura e se postaram, arrogantes, diante de Vicentina; com máxima superioridade de entonação, sem qualquer preâmbulo, um deles foi logo ordenando:

— Junte essas coisas aí, apague a vela e vai andando! Vicentina não moveu um músculo. Sentindo-se desacatado, o policial deu-se ao trabalho de acrescentar:

— É melhor a senhora fazer o que eu mandei, é pro seu próprio bem, não vou falar outra vez!

O segundo policial já se agachava para recolher o material sobre a toalha branca e soprar a vela. Só aí, num gesto mínimo, ela o encarou. Ele não conseguiu se desviar do olhar dela, e ao ouvi-la, paralisou sua ação:

— Não se meta com as coisas de Ogum!

O policial se ergueu tremelicando e olhou para o sargento, que tudo vira e ouvira. Num leve gesto de cabeça, o sargento, que antes ameaçava, fez um meneio para o colega. Entraram no carro e foram embora com certa presteza.

Do outro lado da calçada, na porta do Ateneu, houve mais decepção e revolta. O grupo acompanhou a abordagem policial desde o início; esperavam um rápido desfecho, a macumbeira enrolaria tudo no pano e sumiria com o rabo entre as pernas.

Esbravejando, Padre Félix protestava contra a "rendição" daqueles dois brutamontes armados e fardados.

— Era só o que faltava! Uma demonstração de força do maligno diante de tantos católicos, uma desmoralização!

Veloso, nem se fala, chegou a bufar com a quebra de autoridade. E viu que o Ateneu não retomava a normalidade. Os alunos faziam chacota, liderados por aqueles que embarcam em qualquer situação que interrompa a chatice das aulas.

Veloso decidiu então convocar às pressas todo o corpo docente e expôs o que estava acontecendo. Disse que já havia apelado até para a polícia, mas os agentes tinham sido vencidos pela superstição e não conseguiram remover a desordeira, que lá continuava sentada, como uma estátua, olhos fixos na fachada do Ateneu, bem na direção de sua janela. Recapitulou o fato, uma simples brincadeira do Alencar que havia provocado reação exagerada de um aluno que, por conta disso, acabara sendo expulso.

Gilberto, o outro professor de História, pediu detalhes ao diretor.

— Não é preciso — respondeu Veloso. — O que importa é que houve uma grave ofensa do aluno ao seu professor sem que tivesse havido provocação; Alencar não se dirigiu a ele nem a nenhum outro aluno, foi um gracejo de caráter geral.

— Então, com permissão do Conselho, vou expor aqui o que apurei depois de ouvir vários alunos — continuou Gilberto.

Veloso tentou impedir, repisando a inutilidade de se reconstituir um incidente tão desagradável, mas já investigado e resolvido. Gilberto não aceitou o unilateralismo do Diretor e obteve da maioria apoio para prosseguir.

Narrou que a causa de tudo fora a chacota de Alencar sobre o Holocausto dos judeus, uma piada sobre os corpos das vítimas serem cremados em fornos nos campos de concentração. O professor revelara total insensibilidade a um drama humano dessa magnitude com uma conhecida piada racista. Gilberto acrescentou que o genocídio fora um dos maiores crimes cometidos contra a humanidade, e disse que não admitia citações jocosas ou discriminadoras, principalmente numa sala de aula. E que qualquer pessoa naquela hora, no caso um aluno, tinha o direito, ou melhor, o dever, de reagir ao que fora dito.

Suas palavras causaram grande mal-estar. Automaticamente, todos se viraram para o autor da "brincadeira", fisionomias carregadas de censura. Acuado, Alencar esboçou uma reação:

— O que há com vocês? Perderam o senso de humor? Errado foi o garoto, nem mexi com os negros, por que ele tinha de se meter? Tem dois alunos judeus na sala, eles disseram alguma coisa? Nada!

Gilberto replicou:

— Não é uma questão simplesmente racial, mas da ética e valores que um professor deve transmitir aos alunos. No caso, inverteram-se os papéis: quem ofendeu a ética com uma piada imoral foi o professor, o aluno é que defendeu os princípios que devem nortear uma casa de ensino como o Ateneu Barbosa de Oliveira.

Ao marcar a reunião, Veloso esperava uma unanimidade, um desagravo ao mestre "ofendido". Não foi o resultado que colheu. O silêncio e os olhares dos demais professores tornaram óbvio que o tiro saíra pela culatra.

Moralmente derrotado, Alencar não encarou a seriedade do momento.

— O que querem que eu faça? Que peça desculpas... — e aí deixou escapar a palavra que o condenaria — ao *negrinho*? — tentou inutilmente consertar, "ao aluno expulso".

O próprio diretor abaixou a cabeça, captando um veredicto no ar. Decidiu-se cancelar a punição, e que o professor Alencar pediria desculpas ao aluno na sala de aula. Condenado por seus pares, Alencar perdeu as estribeiras.

— Essa humilhação, nunca! Absolutamente ridículo! Cabe na cabeça de alguém esse absurdo? Um professor com tantos anos de carreira, que já ocupou os mais altos cargos no Departamento de Educação do governo, humilhando-se em público diante de um negro por causa de judeus? — E não se despiu do tom debochado: — E se fosse o contrário? Pediria desculpas a um judeu por causa de negros? Antes disso já teria requerido minha transferência vinte vezes — esse "discurso" estapafúrdio provocou uma troca de consultas entre os membros do Conselho e selou sua sorte.

Alencar não acreditava no que estava vendo. Todos, inclusive o diretor, estavam examinando sua "sugestão", isto é, a possibilidade de pedir transferência. A reunião ganhara foros de tribunal, e o estavam sentenciando. Olhou para os colegas e notou o visível constrangimento no rosto de cada um. Sentindo-se traído, não foi incoerente.

— Pois bem, se é a minha cabeça que vocês querem, a terão! A partir deste momento, considero-me desligado deste Ateneu e seu corpo docente de Judas! — colérico, levantou-se arrastando a cadeira e abandonou a sala sem se despedir de ninguém, indo direto para a porta de saída.

Um olhar odiento mostrou-lhe do outro lado da rua a macumbeira que o derrotara sem dizer palavra. Vicentina não lhe deu importância; com desdém acompanhou seus passos até que ele pegou um táxi. Terminara sua luta, mas não tardou muito até que a violência racial a empurrasse novamente para o campo de batalha.

A relatividade do tempo é que tornara possível o inesperado desfecho no Ateneu Barbosa de Oliveira. Meia dúzia de décadas atrás, Alencar seria um possível proprietário de escravos e Vicentina uma possível escrava. O insucesso na escravização do elemento indígena brasileiro no século XVI fez a coroa portuguesa trazer da África os escravos de que precisava para a produção do valorizado açúcar e posteriormente na mineração do ouro. Escravos eram negociados como semoventes, como qualquer animal.

A extinção legal da escravatura teve para os libertos sua face cruel. Sem moradia e sem o mínimo de condições materiais, sem assistência do Estado, ficaram relegados ao abandono total. Não arranjavam emprego e, livres, eram vítimas de preconceito e discriminação racial. Por questão de sobrevivência, disputavam entre si qualquer tipo de trabalho informal e temporário.

A urbanização das cidades deu origem a um tipo de trabalho que as escravas já faziam. As ex-escravas, depois suas filhas e suas netas, tornaram-se empregadas domésticas, que ainda hoje existem nas casas de família, muitas até descendentes biológicas de senhores de escravos. A cultura da África, a religião trazida de lá que, embora proibida por tanto tempo, não deixou de ser praticada, fosse em seu sincretismo ou em forma pura, foi que tornou possível a resistência e vitória de Vicentina, uma herdeira do desamparo da Lei Áurea, como a quase totalidade das empregadas domésticas.

Moishele foi chamado de volta ao Ateneu. Recebeu do próprio diretor um frio pedido de desculpas e reintegrou-se à turma. Sua defesa desabrida contra o antissemitismo explícito fez com que Mendel unisse ao sentimento paternal, que o tempo consolidara, o orgulho de ver seu filho enfrentar de peito aberto uma luta contra um inimigo muito mais forte, sobretudo porque tinha sentido a ferida, não em sua etnia, mas na parte judaica de sua alma.

O episódio fez emergir no adolescente certa identidade que a convivência com Mendel tornara natural e inconsciente, não religiosa, não formada pela sinagoga, nem pelos livros sagrados, nem pela tradição, mas talvez por tudo isso longamente gotejado em sua família adotiva. No caso do Ateneu, não agiu em defesa de terceiros, ou melhor, mesmo que formalmente tenha tomado as dores de outro povo, por sentimento também defendeu a si próprio, fazendo parte dele. Culturalmente, embora as distinguisse — iguais na essência, diferentes na forma —, havia incorporado a história de dois mil anos de perseguição hebraica à sua própria.

Quanto a Vicentina, foi quem, na prática, enfrentou e venceu seus desafetos do Ateneu. Sabia que sua determinação, fruto de uma aliança com os orixás, levaria de roldão todo cruel empecilho humano, e chamou a si essa luta incomum, surpreendendo os inimigos que só dispunham de poder oficial e terreno, algo que Mendel não poderia ter feito.

Não seria adequado a um judeu, um estrangeiro, fazer frente a pessoas escoradas politicamente, como em toda a história da diáspora. Durante quase dois mil anos, o "povo eleito" fora apenas hóspede indesejado nas terras em que pisou, e acostumou-se à obediência irrestrita diante de seus "anfitriões", czares e imperadores. Para Mendel, o diretor do Ateneu era como um representante do Czar; para Vicentina, porém, era um homem como outro qualquer.

Mendel e Moishele estavam cada vez mais unidos, não só por laços afetivos fortemente construídos, mas também pela preocupação mútua que envolvia a relação. Mendel pensava no futuro de Moishele e Moishele no bem-estar de Mendel.

10. Vicentina e o delegado

Mendel era ourives. Aprendera o ofício com seu pai e mantinha uma pequena oficina nos fundos de casa. Moishele tomou
gosto por essa arte. Aprendeu a confeccionar cordões de ouro,
brincos, anéis. Era muito criativo, e, com o tempo, foi desenhan-
do modelos que eram entusiasticamente aprovados pelo mestre.
A oficina era um lugar de indústria, comercial, não havia exclu-
sividade religiosa ou ideológica: davam ao metal tanto a forma
de uma cruz como a de uma estrela, de cinco ou seis pontas,
produziam medalhas de santos ou símbolos de qualquer religião
ou seita.

Mendel se apoiava na evolução social, na constatação de
que "os tempos são outros", para desconsiderar a proibição talmúdica de fazer objetos destinados a qualquer forma de idolatria. Fazia-o movido apenas por finalidade lucrativa, não para
uso próprio. Estava numa grande capital, não na minúscula e
ortodoxa Ostow. Moishele, com desenvoltura, abriu inclusive
uma boa clientela junto aos contraventores do jogo do bicho,
que, exibicionistas, gostavam de ostentar grossos colares, medalhas e pulseiras de ouro. Quando visitava um *banqueiro*, levava
consigo um mostruário bem variado, com peças valiosas que faziam grande efeito.

Numa dessas ocasiões, um fato inesperado, ou até previsível em se tratando de bicheiros, fez com que Vicentina fosse outra vez obrigada a vir em socorro do filho: uma batida policial. Bem no momento em que Moishele desdobrava o pano exibindo suas joias no interior da *fortaleza* onde se apuravam as apostas, chegaram os repressores, logo atraídos por sua cintilante mercadoria. Com brutalidade efetuaram apreensão total, por terem concluído de pronto, pelo simples fato de estarem em poder de um negro, que eram joias roubadas.

Moishele tentou inutilmente explicar. Disse que era ourives, trabalhava com seu pai, que as joias eram fabricadas pelos dois. Só provocou gargalhadas: "Pai e filho fabricantes de joias, dois negros muito safados, isso sim devem ser!" E riam... Não havia lógica na "fantasiosa" origem do ouro declarada pelo preso; não acreditaram que o pai de Moishele era um tal Sr. Mendel, e não teve jeito, o rapaz foi parar atrás das grades junto com os bicheiros.

Não demorou muito e veio um advogado que soltou os contraventores. Mas Moishele permaneceu preso, e as joias foram para a gaveta do delegado. Não tardaria o momento de tentarem lhe arrancar uma confissão, talvez restassem algumas poucas horas à intocabilidade do inocente aprisionado.

Quando soube por um umbandista que trabalhava no *bicho* o que tinha acontecido, Vicentina tentou localizar Mendel, mas não conseguiu. Não havia tempo a perder, sabia bem o que aguardava seu filho. Juntou as mesmas "armas" com que vencera a batalha do Ateneu Barbosa de Oliveira e correu à porta da delegacia, nem pediu para falar com alguma autoridade, sabia ser inútil.

O detetive de plantão deu a notícia ao carcereiro:

— Tem uma macumbeira aí na porta! O delegado está furioso!

A novidade correu todas as celas.

— É minha mãe! — gritou Moishele.

Então todos ficaram sabendo o que representava aquilo, o que pretendia a umbandista toda de branco sentada sobre um banquinho, diante de um pano branco estendido tendo sobre ele um "São Jorge" e uma vela acesa.

Acompanhado de um guarda, o próprio delegado desceu a escada do prédio assobradado e parou ao lado de Vicentina. De pé, o olhar autoritário descendo em diagonal sobre a cabeça dela, secamente ordenou:

— Pega essas coisas e some daqui!

Vicentina retribuiu com um olhar desafiador. O delegado baixou o tom, mas complementou:

— Não adianta fazer macumba pra soltar seu filho, ele é um ladrão de joias, vai ficar aqui um tempão!

Vicentina o olhou de um jeito diferente, bem dentro dos olhos, mas o delegado deu o assunto por encerrado. Displicentemente, caminhou em direção à escada e foi subindo para seu gabinete. Após quatro ou cinco degraus, arriou-se. Pôs a mão no peito e começou a suar frio; o guarda que o acompanhava percebeu que era coisa grave. Levou o chefe, apoiado em seu ombro, até a viatura estacionada em frente e disse ao motorista que dirigisse rápido para o hospital. Da janelinha do carro, o delegado viu Vicentina, imóvel como antes. Não sustentou a troca de olhares. Sussurrante, determinou ao adjunto, que viera ver o ocorrido:

— Solte o negrinho e devolva tudo!

11. UM NOVO OLHAR

Durante muito tempo à sombra paternal de Mendel, Moishele ainda não sofrera ataques de discriminação racial. Ao enfrentar o dia a dia do mundo exterior, interagindo com todo tipo de gente, esses traumatizantes episódios o levaram a uma solitária reflexão.

Um dia, nem Mendel nem Vicentina estariam aqui para ajudá-lo contra a serpente racista, sempre oculta debaixo de aparências mal disfarçadas. Com Mendel, aprendeu como a rejeição funcionava contra os judeus, que não denunciavam a raça na pele: dependia de alguém apontar, de documentos, ou simplesmente do próprio nome, Isaac, Sara, Israel... Não era uma detecção imediata, às vezes demorava a vir à tona: "Você é judeu? Te conheço há tanto tempo e não sabia..."

Historicamente, sempre houvera algum tipo de resultado danoso — maior ou menor dependendo da época e do lugar —, desde coisas leves, como ser chamado de gringo ou sovina e ser barrado em clubes sofisticados, até coisas mais dramáticas, como ser mandado para campos de concentração e câmaras de gás.

Já com o negro era diferente. Não havia "tempo de carência" para sua rejeição, que era instantânea. Até mesmo num balcão de farmácia, não importando a ordem de chegada, era comum ser preterido por causa da "hierarquia" de outras peles. Depois de analisar os incidentes racistas, Moishele concluiu que era um indivíduo indefeso, e que a melhor arma contra a discriminação predatória era o dinheiro, muito dinheiro, algo que não tem cor e que todo mundo respeita: quanto mais dinheiro, mais respeito e bajulação, de onde antes vinha o menosprezo. O jogo se inverte: quem tem fortuna é que pode discriminar, já não é mais uma questão de raça ou cor.

E encontrou seu caminho, descobriu como faria a mágica armadura para futuros e inevitáveis enfrentamentos com o mesmo ouro que haviam usado para falsear uma acusação e encarcerá-lo. Daí em diante aplicou-se junto ao trabalho de Mendel. Aprendeu tudo sobre a arte das joias, como adquirir matéria prima, como transformá-la, como vendê-la. Sabia que o domínio do metal e das pedras preciosas, aliado ao seu talento, seria uma nova e verdadeira "alforria". Mendel acompanhou com entusiasmo essa evolução profissional, via nisso uma sucessão natural.

Moishele faria fortuna como joalheiro. Mas teve que percorrer um longo caminho.

Outra descoberta foi o *status* do anel de grau, indispensável naquele tempo para os doutores orgulhosos de seus diplomas. Fez vários na oficina, principalmente de pedra verde-esmeralda para os médicos e vermelho-rubi para os advogados. Gostava de experimentar cada um deles e contemplá-los em sua mão, e decidiu que teria o seu, de pedra vermelha, o mais bonito que jamais fabricaria, com uma grande pedra impossível de ser ignorada, maior que o do delegado que o mandara prender. E ensaiava levar a mão ao rosto num gesto casual caso alguém não o chamasse de doutor.

Adulto, realizou seu sonho. Formou-se e pôs no dedo o anel que usaria, não tanto por vaidade, mas como escudo.

12. Mendel apaixonado

Mendel tinha feito sessenta anos, e a idade trouxe-lhe o balanço do tempo. Lembrou-se dos sexagenários de sua terra, homens de barbas longas e pesadas, chapéus e sobretudos negros, sempre indo ou voltando do *Beit Midrash*.[33] Lá, tudo dava motivo à pecha de "assimilado", seria chamado de *goy*.

No Brasil, era um sexagenário muito diferente, livre da severa cobrança religiosa. Exercia o judaísmo com ardor íntimo, eivado de sua fé; frequentava a sinagoga e usava a *kipá*, não por hábito, mas por necessidade espiritual. Tinha lá suas transgressões, mas não se imaginava vivendo sem as orações que praticava desde cedo, sem o *Shabat*, sem o *Rosh Hashaná*, o *Yom Kipur*, *Hanuká*...

Mas, humano, tinha suas fraquezas. Envaidecia-se da aparência jovem com que chegara àquela idade. Pela manhã, diante do espelho, não raro, dizia baixinho uma das sete bênçãos matinais: *Baruch ata Adonai elohênu, melech haolám, sheló assáni ishá* — Bendito és Tu, Adonai, nosso Deus, Rei do Universo, que não me fez mulher!

Notava que as pessoas estranhavam ele ser tão moço, Faiga nem tanto... Não pareciam marido e mulher. *Pobre Faiga... não teve a alegria da maternidade, que retarda a roda do tempo.*

---

33 Casa de estudos da Torá e do Talmud.

Sentia-se tão bem disposto que não entendia o porquê da libertação dos escravos sexagenários, fato trazido por Moishele das aulas de História do Brasil.

Um dia o elogio da sua aparência teve consequências. Na joalheria de seu velho cliente Abraham Weiss, onde foi fazer uma entrega, atendeu-o a gerente Sílvia. Soube por ela que Abraham estava com problemas de saúde, e só agora Mendel se dava conta da beleza daquela jovem morena a caminho dos quarenta anos, que sempre estivera ali. Nunca prestara especial atenção nela, não fazia parte de seu temperamento, concentrava-se nos negócios.

Sílvia recebeu as peças derramando-se em admiração pela arte de Mendel, que ficou timidamente lisonjeado. Antes, tratava diretamente com Abraham, que apenas acertava as contas sem deixar escapar qualquer comentário, possivelmente para evitar preço maior nas entregas futuras.

Sílvia era conhecedora do que vendia. E a afinidade comercial rendeu o que podemos chamar de boa conversa. Isso era novidade para Mendel, que costumava passar seus dias com amigos da sinagoga ou num clube israelita onde aprendera a jogar cartas. A atenção de uma mulher bonita e a admiração que nela despertou o deixaram agradavelmente nervoso. Achou que os elogios dela ultrapassavam os limites das peças de ouro que trouxera, e era uma sensação nova, embora muito comum em homens de sua idade.

Mendel nunca fora mulherengo. Entretanto, apesar da barreira forjada numa vida em que a única preocupação era sobreviver, nesse momento em que palavras iam e vinham adocicadas, entre um e outro lampejo, a olhou não como gerente, mas como mulher. A vibração de Sílvia transmitiu-lhe uma mistura de medo e desejo que ele racionalizou modestamente, pois não se julgava capaz, apesar de bem-apessoado, de atrair uma mulher muito mais jovem e tão bonita.

Foi embora dando tratos à imaginação, apenas por fantasia, procurando recordar cada segundo daquele encontro robustecido por um longo e apoteótico aperto de mãos. Havia também o perfume dela... Ficou com a memória dessa despedida marcada na mão por restos de "Fleur de Rocaille".

No bonde que tomou para o Grajaú seu pensamento não se desviou daquela sensual e graciosa vendedora da Rua do Ouvidor. Anestesiado, não enxergava a paisagem urbana rolando nas ruas, nem seus ouvidos tomavam conhecimento do estrondoso atrito entre o trilho e as rodas de ferro. Recapitulava cada instante de enlevo a partir da primeira palavra gentil da mulher morena que o recebeu — Sílvia, gentia, certamente não era *kosher*.

Mendel não sabia bem o que fazer, não tinha experiência nessas coisas românticas. E ainda duvidava de que pudesse ter despertado alguma coisa dessa espécie. Sabia apenas que queria voltar lá, mesmo sem nenhum pretexto, e custou a recobrar um pouco de responsabilidade comercial para anotar em seu caderninho as novas encomendas.

Antes de chegar ao bairro, conseguiu, a duras penas, alguns intervalos mentais entre a imagem erótica que o perseguia e os outros clientes, Freedman, Koogan e Levinsky, já agendados para próxima visita. Ao lado de um sincero desejo de pronto restabelecimento do Abraham, sua natureza humana, ao mesmo tempo, camuflava a esperança de que o dito restabelecimento não fosse tão pronto assim, pois toda noite iria dormir sabendo que no dia seguinte ela estaria lá, e o chefe, não.

Quando chegou em casa, esqueceu-se até de beijar a *mezuzá*,[34] como de costume. Em vinte anos não deixara de fazê-lo um dia sequer. Mas logo se lembrou e cumpriu a obrigação. Beijou sua mulher com o mesmo beijo de chegada de todos os dias. Faiga notou certa euforia estampada em seu rosto, mas achou que era por causa de algum bom negócio, alguma venda especial.

À mesa, no jantar servido por Vicentina, o assunto foi a crise do governo Getúlio, às voltas com os ataques de Carlos Lacerda — era o início de agosto de 1954. Moishele estava a

---

34 Amuleto pregado no umbral da porta.

par do noticiário, e Faiga procurava inteirar-se. Fez perguntas a Mendel. O que estava pra vir? O que se comentava nas ruas, nos cafés...? O que ele achava? Tinha judeu no meio?

Mendel, ausente em seu doce devaneio, respondia com monossílabos.

— Hum? Hã? Quem?

Se repetiam a pergunta, comentava qualquer coisa, da maneira menos profética possível:

— Ah... Não vai dar em nada, política é assim mesmo, o Getúlio e o Lacerda vão acabar se entendendo.

— Coitado do Getúlio — disse Vicentina, com semblante triste.

Como sempre, Faiga trouxe à baila seus infortúnios domésticos: uma torneira da cozinha estava pingando sem parar, tinha visto uma barata, o telefone estava demorando a dar o sinal de discar — coisa daquele tempo. Enquanto ela discorria sobre essas desventuras do cotidiano, Mendel, desligado, refugiava-se clandestinamente no magnífico sorriso da mulher que ainda há pouco lhe falava apenas de ouro, platina e brilhantes.

Mais tarde, como de hábito, foi ao pequeno quarto onde fazia suas orações. É bem verdade que nesse dia Deus deve ter notado que ele não Lhe deu a mesma atenção de sempre, disse a reza apressadamente, atropelando as palavras e pulando linhas. E permaneceu estático, sem movimentar o corpo para trás e para frente no costumeiro ritmo oratório. Pediu perdão por ter flertado com uma gentia, mas não pediu a Ele para tirá-la do seu caminho.

Essa pressa na louvação do Criador tinha seus motivos. Queria ir logo dormir para, no silêncio que antecede o sono, sonhar acordado com a mulher que, sem aviso, acabara de entrar em sua vida. Enquanto isso, deitada ao seu lado, inocente, Faiga passava em revista as pendências domésticas, torneira, barata, telefone... No momento de maior enlevo, quando o marido, enlaçado ao travesseiro de penas de ganso que ela trouxera da Polônia, compunha uma quase onírica inflorescência juntando boca, nariz, olhos e os longos cabelos de Sílvia, enquanto tentava esculpir na mente a figura da mulher que lhe abria as portas de um novo e insuspeitado universo, a esposa inopinadamente o cutucou para reclamar de uma nova goteira que aparecera depois da chuva do dia anterior.

Não teve resposta. Mendel dormiu ou fingiu dormir, pois estava longe, muito longe, do quarto conjugal. Faiga guardou o drama pluvial para o dia seguinte e também adormeceu.

Mendel teve nessa noite um sonho não muito indecifrável. Sonhou que estava na sua cidade, Ostow. Caminhava pela área dos *goyim* poloneses, fora dos limites convencionais da Rua Judaica, área dos seus, maioria populacional naquele lugar. Ao longe, avistava braços vestidos de capotes negros acenando para que voltasse. Se voltou ou não, o sonho não o deixou saber, pois os sonhos costumam terminar sem conclusão, como um filme interrompido bruscamente no meio da história.

Com Sílvia foi diferente. Ao adormecer, após ter rezado o Pai-Nosso, apenas recapitulou o movimento comercial, muito feliz por ter vendido uma caríssima pulseira que estava encalhada há algum tempo. Mas no meio da noite acordou sobressaltada, presa de forte excitação por causa de um pesadelo, um tipo de pesadelo que nunca tivera antes; na verdade, confusa, não sabia ao certo se fora mesmo um pesadelo ou um tipo indefinível de sonho perturbador: apareceu-lhe sorridente um homem desconhecido, totalmente nu. E como se não bastasse a enormidade do onírico pecado, maior ainda foi o choque ao constatar que o pênis dele não tinha prepúcio. *Terei sonhado libidinosamente com um judeu?*, se censurou. Morreria de vergonha, mas teria de contar tudo ao seu confessor na missa de domingo. Como uma ex-noviça — quase freira, que não fez os votos porque o pai adoecera e ela teve de trabalhar e cuidar dele — pôde ter um sonho assim?

O confessor ouviu atentamente a narrativa de sua apavorante "aventura" noturna. Não a culpou. Sonhos como aquele apareciam amiúde em seu confessionário. Deteve-se apenas no detalhe do prepúcio, mas tranquilizou a moça explicando que "a figura do sonho não era necessariamente um judeu; qualquer homem católico pode fazer operação de fimose e cortar aquela dobrinha". Sílvia, satisfeita com a explicação, acrescentou mais alguma coisa relativa ao trabalho, pois tivera que "empurrar" uma peça encalhada, conforme orientação do patrão. Recebeu absolvição geral e, aliviada, comungou.

Na manhã seguinte, na hora do café, Mendel ouviu pacientemente o relato de Faiga sobre a goteira e o estrago que causou. Não deu importância ao prejuízo, prometeu que ia mandar Seu Cardoso verificar se tinha alguma telha quebrada. Ao sair, estava mais lúcido a respeito da experiência pré-romântica, e continuou batendo na mesma tecla, achando-se tolo e pretensioso: *Estou confundindo as coisas, ela gostou foi do meu trabalho de ourives, meu desejo é que desvirtuou o sentido da admiração dela.* Flagelava-se mentalmente: *Serei tão irresponsável a ponto de imaginar um romance extraconjugal?* O mais grave é que a mulher que embalava suas fantasias trazia uma cruz dourada no peito. Que ele mesmo fizera.

Se fosse um caso amoroso, estaria diante de elementos que não sabia manipular como o ouro: sua religião, seu casamento, sua comunidade, uma namorada *goy* muito católica. Tremia ao imaginar que um namoro paralelo pudesse abalar seu sossegado e endogâmico casamento iídiche, em cuja cerimônia litúrgica pisara e esmagara um cálice de cristal que simbolizava uma união que só se desfaria quando aqueles cacos se juntassem de novo.

Uma aventura... Era só o que lhe faltava nessa altura da vida! Mas nada como um dia depois do outro... Valeu-se do ditado para reafirmar sua disposição de resistir a qualquer custo. Por outro lado, porém, a contumaz ambiguidade de sua gente o levava ao antegozo de paradisíacas compensações, que jamais tivera ou esperava ter. *Afinal, o rei Salomão não teve mil mulheres? De todas as etnias?*

Depois de demorada e tentadora elucubração, Mendel finalmente considerou que o "perigo" havia passado; apoiou-se até numa outra passagem bíblica, que revela o que acontece àquele que não resiste a esse tipo de capricho: o fim de Sansão

nas mãos de Dalila. Despido de segundas intenções, como segu-
ramente acreditava, resolveu voltar à joalheria para entregar novos brincos e cordões. Tinha algum prazo para isso, mas como
lhe sobrara tempo por ter adiantado outras encomendas, pôde
também adiantar a de Abraham, *medida puramente comercial,
nada a ver com ela*, dizia a si mesmo, com pouca convicção.
Entregaria tudo, ajustaria o pagamento e pronto! Não deixaria
a conversa descambar para maiores intimidades, nem de um
lado nem do outro. Sabia do caso de um amigo judeu que se
envolvera com uma *shiksa*[35] e se dera mal; acabou abandonando
a família e quando morreu foi sepultado em cemitério cristão.

Na sinagoga, perguntou por Abraham; soube que ainda
estava hospitalizado por causa de uma cirurgia. Evitou associar
essa notícia a um afastamento mais longo do amigo e cliente, o que significava a disponibilidade de Sílvia para atendê-lo
com liberdade em qualquer horário. Muito menos cogitou de
convidá-la para um cafezinho. Provaria a si mesmo que aquele
primeiro encontro fora apenas o de duas pessoas que tinham
em comum suas respectivas atividades profissionais — ele, um
fabricante, ela, uma experiente vendedora de joias, nada mais
que isso. Não faria diferença se doravante tivesse que tratar com
ela ou com Abraham. Falariam apenas da qualidade das peças,
do preço, do prazo etc.

Precavido, permaneceria alerta para não olhar nos olhos
dela. Falaria olhando para sua boca. *A boca, não! É muito bonita!* Desistiu. Falaria olhando para o nariz dela, mas se lembrou:
Não, o nariz também não! Ela tem um lindo nariz grego. Decidiu
ser firme; olharia para onde lhe desse na telha, para os cabelos,
para os olhos, para o nariz, para as mãos... Não importava, ela
era uma gentia, obstáculo intransponível para qualquer avanço
sentimental, mais até do que o fato de ele ser casado.

Foi com esse espírito preconcebido que, indo pela Rua
Uruguaiana, dobrou a Ouvidor e avistou a fachada da loja. *Ela
está logo ali, agirei com naturalidade, vou tratá-la como uma*

---

35 Mulher não judia. Pejorativo, pode significar também "empregada".

simples cliente, não me deixarei influenciar por sua voz, nem por seus olhos, nem por seus longos cabelos... Não entendia por que seu coração estava batendo tão depressa, não batia assim quando era o Abraham que ia encontrar. Parou para tomar um suco de maracujá, de efeito calmante. Só não entendia, ou não queria entender, por que tanto nervosismo em face de uma visita estritamente comercial.

Sílvia o recebeu afetuosamente; seu amplo sorriso não tinha o padrão costumeiro destinado à clientela, muito menos a fornecedores. Se algum semblante deixava transparecer algum encanto, não era o dele, era o dela. Um demorado aperto de mãos e Mendel apagou tudo o que havia "ensaiado". Acanhado, abriu o diálogo:

— Vim trazer uns cordões de ouro que o Abraham encomendou já faz tempo — omitiu a verdadeira época da encomenda, bem recente, para não ensejar interpretação "equivocada" quanto ao real motivo de estar ali naquele dia.

— São muito bonitos! — exclamou Sílvia, examinando as peças.

Mendel tentou mostrar indiferença.

— Como tudo que o senhor faz! — acrescentou ela, apontando outras peças na vitrine.

Os olhos de Mendel faiscaram, sua maior fraqueza era a vaidade artística.

— Você sabe quais são as joias que eu fiz? — perguntou, louco para ouvir elogios da mulher que falava o idioma de sua arte.

Sílvia pôs no dedo um solitário em exposição.

— Sei que este anel é obra sua, tão delicado... Um arco bem desenhado, um brilhante sem mancha combinando com o ouro amarelo. Imagino a delicadeza do momento em que o senhor colocou a pedra sobre esta garra, tão sutil...

É sabido que o estado amoroso, ao despontar, leva homens maduros a maior ou menor grau de bobice; com Mendel isso nunca tinha acontecido, nem era de se esperar que acontecesse, pois sempre vivera, não sob cânones ortodoxos, mas respeitando os costumes e convenções éticas da sociedade judaica. Como joalheiro, tivera fugazes contatos comerciais com belas mulheres, mas nunca antes sentira as pernas bambas como agora.

Agradeceu da forma mais apropriada ao lugar e à pessoa, valendo-se impulsivamente da temática em volta para manifestar o que, encontrando pouca resistência no desejo, escapuliu à guarda do sentimento que já dera por dominado. Empalmou os dedos de Sílvia e fitou o solitário. *Será que pondo este anel, ela, sem saber, está querendo me dizer alguma coisa?* Como um adolescente, disse baixinho:

— A joia mais bonita aqui é você...

Sílvia não riu do inesperado rompante de um homem bem mais velho. Mendel transpirava suor e sinceridade por todos os poros, e a face ruborizada da moça denunciava que não tinha ficado indiferente ao galanteio; não tinham sido palavras ao vento as que acabara de ouvir. Pousou sua outra mão sobre a dele, e disse apenas:

— Mendel... — estava abolido o "senhor", a idade não mais o separava.

Improvável? Nem tanto. Se um Dr. Jekyll se transformava no monstro Mr. Hide, por que um Mendel não se transfiguraria subitamente num canhestro, mas apaixonado Don Juan? Cessou a tremedeira que percorria suas pernas, mas sentiu-se um transgressor de todas as leis contidas nos livros da sinagoga.

Queria fugir para qualquer lugar. A providencial chegada de uma antiga cliente da loja restabeleceu o clima de normalidade. Mendel aproveitou e se despediu discretamente:

— Volto outro dia para saber se Abraham gostou dos cordões, quando estiver com ele mande meu abraço.

Da Rua do Ouvidor, a passos largos, alcançou a Rio Branco e foi andando sem destino, apenas para pôr ordem no pensamento. Parecia um garoto que acabara de fazer uma travessura. Teve a impressão de que todos os passantes, judeus ou não, estavam olhando para ele. Guardou a *kipá* no bolso. Em sua cabeça giravam imagens aéreas dispersas, como num quadro de

Chagall, coisas próximas ou distantes, proibições e culpas re-correntes associadas ao momento: a esposa Faiga, o rabino, os frequentadores da sinagoga, e até mesmo a procissão católica da Sexta-Feira Santa em Ostow.

Sentou-se à mesa de um bar e pela primeira vez na vida tomou um chope. Só depois do segundo copo conseguiu coor-denar-se razoavelmente. Sentia-se vitorioso por ter despertado o interesse daquela mulher tão bonita, bem mais jovem, um te-souro. *Mas o que fazer com ele?* Só de pensar no próximo passo era assaltado por um princípio de pânico, antes mesmo que sua imaginação evoluísse do cálido aperto de mãos para um ima-ginário e sequencial abraço. O fato de ela ser cristã não era im-pedimento. Mendel, antecipadamente, justificava-se através de uma torrente de "razões" fabricadas por sua vontade: *Não vou me casar com ela,* não vou ter filhos. *Faiga* não tem do que se queixar, *estamos juntos há tantos anos, nunca lhe faltou nada; pela lei judaica, o marido pode até repudiar a mulher estéril... Além disso, tudo vai continuar como está, terei todo cuidado, ela nunca vai saber que tenho outra. Conheço-a bem, mesmo que ela descobrisse entenderia e não diria nada, a mulher judia não é como as latinas, a preocupação delas é toda com os filhos, filhos nós não temos,* e ela é que *não* pôde *ter; uma judia sem filhos torna-se quase indiferente a essas coisas de fidelidade, destitui-se de amor próprio, sente-se inferior para queixar-se, se tem alguma suspeita finge que não vê.* Era, naquele momento, seu modo de ver as coisas.

Mas e a Torá? E o Talmud? Como encarar as obriga-ções sagradas? Insistia no precedente bíblico: *Salomão, o mais sábio dos reis, teve mil mulheres!* Não repetiria como indivíduo o dogma nazista, que punia o mínimo contato físico de um ju-deu com uma ariana. Casando-se com Faiga já pagara tributo aos costumes de seu povo. Um namoro laico com uma cristã, se descoberto, causaria, é claro, uma onda de cochichos e comen-tários maliciosos dentro da comunidade, principalmente entre as senhoras que se reuniam todas as tardes para jogar cartas: "O Mendel foi visto com uma *shiksa*, e não é a primeira vez!" Naturalmente, teriam palavras de solidariedade à esposa enganada: "Coitada da Faiga, lá no Grajaú cuidando da casa e o marido no centro da cidade se divertindo com outra". Não faltariam as profetisas do caos: "De repente vai aparecer uma mulher de barriga na porta dela dizendo que o filho é do Mendel". E outra: "Vai ser uma vergonheira, os vizinhos assistindo tudo! E com que cara ele irá à sinagoga no *Yom Kipur*? Todo mundo vai saber por que ele está pedindo perdão".

Eram apenas conjecturas, devido à sua ansiedade. Tranquilizava-se por outros mecanismos mentais: *Garanto que nada disso vai acontecer; quantos da sinagoga não fazem isso? Suspeito que muitos ainda têm suas amantes lá no subúrbio, desde o tempo em que vendiam à prestação.*

Recuperado o autodomínio, foi andando calmamente, até pegar o bonde para casa. Como da vez anterior, imune aos solavancos do carro elétrico, sonhou acordado com os poucos minutos daquele que chegou a eleger como o melhor dia de sua vida. *Então o amor é isso?* Comparou esse encontro com Sílvia aos insípidos encontros dos casais que tinham se conhecido no navio da imigração, como ele e Faiga: *Aquilo não era amor; a bordo tantos dias juntos, nos acostumamos uns aos outros; ou, então, era um amor diferente, fruto do medo de enfrentarmos sozinhos a incerteza do desconhecido. Quantos não se casaram assim?*

Foi descartando mentalmente todos os senões. Deu-se um salvo-conduto para voltar à joalheria no dia seguinte. Nada tinha para entregar, mas não importava; já não precisava de um pretexto. Chegou em casa meio desnorteado, demorou um pouco a se readaptar aos ares domésticos.

Faiga perguntou se ele tinha perdido a *kipá*. Envergonhado, tirou-a rapidamente do bolso e culpou o forte vento que batera em sua cabeça. Em seguida, a mulher cobrou providências para conter a infiltração que persistia no teto. Paciente, Mendel não se irritou por ter sido bruscamente transportado do Éden para um canto da sala onde um balde de alumínio aparava os pingos da teimosa goteira. Prometeu novamente que no dia seguinte chamaria alguém para dar um jeito. Depois, entrou no chuveiro e continuou sonhando.

No leito, voava sobre nuvens, apenas interrompido por Faiga que, como de costume, o cutucava, dessa vez para reclamar da geladeira que não estava gelando. Mendel respondeu com curtos grunhidos e adormeceu sorrindo. Entretanto, sonhou apenas com Abraham na joalheria, já recuperado e em atitude vigilante, impedindo o acesso à pupila. Acordou aliviado. Continuou a dormir depois de pedir a Deus o pronto restabelecimento de Abraham, com o adendo: o importante era o restabelecimento do amigo, mesmo que não fosse tão pronto... Deixava a critério de Deus o dia do retorno dele.

No dia seguinte, na hora do café, Mendel lançou no ar, assim como quem não quer nada, um novo projeto:

— Estou com vontade de comprar um carro novo, o que vocês acham? O velho Ford está caindo aos pedaços.

— Sabe que eu estava pensando nisso? — concordou Faiga, inocente do maquiavelismo do marido, que já se imaginava quixotescamente um cavaleiro medieval dirigindo seu novo cavalo de quatro rodas, tendo ao lado a bela donzela extasiada com a possante viatura. Na verdade, engambelava a esposa.

— Moishele vai levar Faiga para visitar as amigas em lugares mais distantes, e o carro velho não aguenta — Mendel reforçou obliquamente o projeto da compra, deixando a ingênua mulher sensibilizada com a ideia de comprar um carro novo para ela.

Disse ainda que contava com Moishele para dirigir nos dias santificados, pois ele, sendo judeu, não podia fazê-lo; achava que fora do volante, viajando no banco do carona, contornava a proibição talmúdica de locomoção que não fosse com os próprios pés, numa descabida aplicação do "jeitinho brasileiro" ao rigor dos feriados. Faiga estranhou essa moderna interpretação das escrituras, mas não a pôs em dúvida. Só Vicentina percebeu que Mendel estava mudado, escondendo alguma coisa; mas não ficou preocupada.

A sabedoria freudiana em alguma parte deve ter explicado: todo adúltero é necessariamente maquiavélico e mentiroso. Em síntese: sob a capa de uma importante aquisição para o conforto familiar, o que Mendel visava eram encontros amorosos em lugares inconcebíveis com um carro velho, soltando fumaça pela descarga e largando cheiro de gasolina, dentro e fora da cabine.

Não estava ainda bem certo da aquisição, mas de qualquer modo todo mundo estava embarcando na onda da nossa indústria automobilística; numa época inflacionária, certas marcas de veículos eram consideradas bom investimento. Além disso, "a juventude é um estado de espírito" — recorria novamente a um adágio surrado, já pensando no modelo preferido. Queria ganhar mais tempo e prazer nos encontros com Sílvia, eliminando as comportadas e ruidosas viagens de bonde. Substituindo o lerdo veículo, que parava em tantos pontos do trajeto, chegariam em casa no mesmo horário de sempre, evitando aquela pergunta a quem se atrasa: "O que foi que houve? Por que chegou tarde?"

Seria sem dúvida um namoro infrator, um caso que ia de encontro às leis da probabilidade amorosa. Mendel era um homem casado, um judeu não ortodoxo, mas bom seguidor das tradições e obrigações religiosas. Era dos que rezavam diariamente com seu *talit* e *tefilin*,[36] e sua turma era a turma da sinagoga. Apenas a falta de um filho destoava dos preceitos que fundamentam um lar hebraico, mas com isso Mendel já tinha se conformado, e a casual chegada de Moishele, de certo modo, preenchera esse vazio.

Em sua cidade natal, um simples e fugaz relacionamento com uma polonesa cristã acenderia a vigilância da comunidade e provocaria um bombardeio de advertências dos pais, dos avós e de toda ascendência ainda presente na Terra. Na Polônia, todo cuidado era pouco; em cada missa, o milenar catolicismo do país realimentava o estigma religioso antissemita. Nos vilarejos,

---

36 Filactério, objeto ritual que se enrola na testa e em torno do braço como auxiliar na oração matinal judaica.

entrar numa igreja cristã por qualquer motivo era para os judeus equivalente a um pecado mortal.

Era inevitável o choque das duas correntes. Sabia que Sílvia era de família católica apostólica romana, todos muito devotos. Iam à missa todos os domingos e acompanhavam todas as procissões, colaboravam com as quermesses oferecendo prendas, tomavam conta de alguma barraca. E não perdiam o bingo em benefício das obras da igreja. Em casa, um quadro da Santa Ceia não deixava dúvidas sobre a fé ali reinante.

Em conflito consigo mesmo, Mendel planejava com cuidado seus passos amorosos; de início, economizaria gestos de carinhos mais "ousados", evitando que um abraço apertado ou um beijo de despedida mais demorado rotulassem sua intenção, ou melhor, seu desejo reprimido, sobretudo que sugerissem algum comprometimento, algo que o apavorava. E nunca diria "eu te amo!" Se fosse ela a dizê-lo, ficaria calado, sem responder automaticamente "eu também!" Tolices... Ingênuo e medroso, achava que podia controlar o incontrolável.

13. O DIA "D"

Desde aquele encantado dia na joalheria de Abraham, sob o pretexto de entregar uma encomenda, o sexagenário Mendel passou a pensar e agir como qualquer apaixonado incipiente. São poucos os cediços prisioneiros da paixão que escapam de respingos do ridículo, que sobe de grau na proporção direta da faixa etária do fauno flechado por Cupido. Mendel nada sabia sobre Júlio César, não conhecia a história do imperador romano que atravessou o Rubicão, rio que por lei do Senado servia de limite para impedir que até mesmo seus generais avançassem sobre Roma. Com o grito de *"Alea jacta est"*,[37] Júlio César desobedeceu a regra e tomou o poder. Portanto, não pensou na frase histórica do grande guerreiro, mas, guardadas as proporções de tempo, espaço e objetivos, também cruzou seu prosaico Rubicão. E, cumulativamente, invadiu sua "Normandia" particular quando decidiu conquistar algo que, para ele, era mais prazeroso que um império ou uma estratégica cabeça de praia.

Planejou um encontro "casual" com Sílvia fora do estabelecimento comercial. Certo dia, à distância, acompanhou o fechamento da loja e a seguiu na direção do ponto de bonde. Por uma rua paralela conseguiu a feliz "coincidência": Sílvia chegou e lá estava ele, fingindo ler o jornal. Foi o encontro sem volta de

_____
37 Do latim: "A sorte está lançada."

um filho da Torá com uma bela, quase beata, católica apostólica romana.

Ao vê-la, fingiu surpresa:

— Que coincidência! — saudou-a, dobrando o jornal.

Genuinamente surpresa, Sílvia respondeu com naturalidade:

— Todo dia pego esse bonde, mas nunca tinha te visto.

Esse "te visto" caiu-lhe como um néctar. Caso fosse tratado por "senhor", desistiria ali mesmo, voltaria à leitura do jornal, daria uma desculpa qualquer e perderia o bonde... e uma acalentada história de amor proibido.

Quando o pesado veículo deu a partida, teve início uma história de amor com todos os ingredientes genéricos de Romeu e Julieta, não na Praça de Verona, mas no Largo de São Francisco, sobre o banco desconfortável de um bonde chamado 17, que ia para o Lins de Vasconcelos.

Histórias comuns mostram que, sob formas e contextos variáveis, a cada dia um drama de famílias em conflito, por motivos religiosos ou não, brota em cada canto da Terra. Casamentos proibidos abastecem resmas de roteiros cinematográficos e obras literárias. Quem não conhece caso assim na própria família ou no círculo de amizades? Meninas apaixonadas por jovens avessos ao trabalho são exemplos clássicos e corriqueiros de oposição familiar: um Romeu vagabundo e uma Julieta desafiadora nunca faltam em cada bairro. A história deles era algo do gênero, mas sob a forma de um tempestuoso confronto bíblico — pondo em choque Velho e Novo Testamento —, que prometia germinar daquele idílico momento sob os versos pouco românticos da tabuleta do Rhum Creosotado, onde "o belo tipo faceiro" era salvo da bronquite pelo poderoso tônico.

Tivessem consultado qualquer cartomante barata de subúrbio e saberiam os dois, desde o início, que "aquele bonde" nunca chegaria a "porto seguro". Mendel, por seu lado, deveria saber que estava "procurando sarna pra se coçar", perceber que "o santo dela não combinava com o dele", literalmente, até porque no judaísmo nem santos há.

Viajaram juntos, sentados lado a lado. Mendel vigiava discretamente; podia haver algum conhecido por perto, em cada ponto entrava gente. Se fosse um judeu, ou principalmente uma judia, a simples e atenciosa conversa com uma *shiksa* seria o assunto do dia seguinte nas mesas de baralho femininas; à noite, seria o alvo de galhofas dos jogadores de pôquer que se reuniam na casa de Israel Wrotslawsky, grande atacadista de tecidos da Rua Senhor dos Passos. Mendel temia particularmente ser visto por seu vizinho Moyses Kestenberg, judeu estudioso da Torá, que não admitia transgressões aos livros sagrados nem aos costumes e tradições. Tampouco convinha atrair comentários de passageiros comuns. Tirou a *kipá*, para Mendel um gesto bastante significativo, muito mais que o simples ato de pôr no bolso um paninho dobrado.

O uso da *kipá* é um sinal de respeito e reverência ao Criador. Poucos judeus, no dia a dia, andam com o solidéu sobre a cabeça, mas os que o fazem sentem-se filhos desobedientes quando estão sem ele. O gesto de Mendel revelava com clareza a força da tentação que tomara conta dele. A religião, naquele momento, deixava de ser uma prioridade. E se a fé remove montanhas, não é raro que o erotismo remova a própria fé. Discernimentos e convicções acumulados durante toda uma existência, roídos pela paixão podem se desvanecer em poucos simbólicos segundos, o tempo necessário, por exemplo, para esconder o pano circular que um judeu usa sobre a cabeça a lembrar-lhe que "Alguém" lá em cima o protege, mas também vigia...

Mendel tentava disfarçar seu óbvio nervosismo, sua falta de confiança em si mesmo. Quanto não daria agora por um copo de chope? Ficou novamente inseguro por ter uma jovem ao alcance das mãos. Não tinha mais certeza de nada. Estudava cuidadosamente cada frase, cada palavra. Teve uma recaída: *E se tudo não passar da consideração devida a pessoas de mais idade? Ou admiração exclusivamente profissional por minhas joias?* Decidiu não avançar. Temia a rejeição, sentir-se um "velho ridículo" investindo sobre uma jovem que podia ser sua filha. Pensou em tirar a aliança, mas desistiu; seria uma mentira inútil, pois não o fizera nos encontros anteriores.

Sua recém despertada voluptuosidade não lhe deixava espaço para se lembrar da esposa. Transgressores, de qualquer espécie e grau, torcem em causa própria fatos, sentimentos e circunstâncias. O tipo de fidelidade que devia a Faiga, na prática, não seria afetado. Sua anódina rotina conjugal e um possível romance fora de casa eram departamentos estanques, podiam conviver tranquilamente, cada um na sua dimensão. Faiga continuaria abençoando as velas do *Shabat* e administrando as mazelas da casa, nenhuma alteração visível perturbaria a vida dos dois.

Munido desse arsenal de justificativas, Mendel desligou um a um todos os sinais de alerta que bloqueavam sua trajetória rumo a um amor que atravessou seu caminho por causa da cirurgia de um amigo. Mendel, o judeu polonês, deixara Ostow, sua terra de pobreza e perseguição, sonhando com paz e fortuna. No Brasil, conseguiu o que procurava. Porém, a viagem que revolucionou dramaticamente sua vida durou, se tanto, uma hora, e não foi num transatlântico, mas num prosaico bonde saindo do Largo de São Francisco, ao lado de Sílvia.

Formalmente, as primeiras palavras trocadas foram sobre a saúde do patrão:

— Como vai o Abraham? — perguntou Mendel.

— Está melhor, mas muito fraco ainda.

Com teatral compaixão, Mendel, sempre disfarçadamente casuístico, quis saber sobre a volta dele ao trabalho — sua preocupação principal, sendo a secundária um genuíno desejo de que Abraham se recuperasse. Quanto mais tempo levasse a recuperação, mais oportunidades teria de estar com Sílvia sem "fiscalização".

A resposta de Sílvia foi, portanto, "animadora":

— Não dá pra dizer, os médicos querem que ele repouse bastante.

Mendel passou então à "pauta comercial":

— Como está o movimento?

Nervoso com essa espécie de "primeira vez", procurava fazê-la falar o máximo possível, para que pudesse aos poucos normalizar sua frequência cardíaca com umas pastilhas homeopáticas que demoravam a fazer efeito.

— Caiu um pouco, mas vai melhorar à medida que chega o fim do ano; os melhores clientes homens aguardam a chegada do Natal para agradar suas esposas e amores clandestinos. Alguns nem disfarçam, compram duas peças iguaizinhas... E ainda pedem que eu escreva os nomes delas nos cartões.

Mendel, irônico, acrescentou:

— O perigo é trocar os estojos na hora da entrega.

— Não tinha pensado nisso! — Sílvia riu, imaginando as peripécias do marido tendo que explicar à esposa o presente recebido por engano.

Mendel prosseguiu na "camuflagem" empresarial, procurando ganhar tempo até que, esgotado o assunto "compras e vendas", encontrasse a brecha para uma abordagem mais íntima.

— O que tem ajudado o comércio de joias ultimamente são as pessoas que compram como investimento, por causa da inflação que não para de subir — comentou.

Sílvia concordou, e acrescentou:

— Sem falar no preço do ouro, que sobe a cada hora; o Abraham sempre liga pra saber a cotação... E fica com uma raiva...

Finalmente, a criança no colo de uma mulher no banco da frente mudou o rumo da conversa.

— Mendel, você tem filhos?

— Não, infelizmente minha mulher não pôde engravidar. Mas tenho um filho de criação, um menino, filho da minha empregada, que veio pra nossa casa ainda bebê. Está hoje com dezessete anos.

Mendel achou que podia fazer uma pergunta equivalente.

— E você? Nunca se casou?

Sílvia ficou contente com a pergunta, como alguém que procura desabafar e encontra quem ouça.

— É uma longa história, não me casei, mas cheguei perto.

Mendel deu corda:

— Claro, uma moça tão bonita, tenho certeza de que teve muitos pretendentes.

— Não, não é isso... Quero dizer que interrompi um noviciado, o período de preparação para ser freira. As freiras são casadas com Jesus Cristo.

— E por que desistiu?

— Porque meu pai ficou muito doente e não pôde mais trabalhar; filha única, tive de desistir. Eu já conhecia o Abraham, ia à loja dele com minha mãe nos dias de pagar a prestação. Sabendo da dificuldade que estávamos atravessando, e coincidindo que ele estava precisando de alguém, acabou me convidando para ser vendedora; aos poucos, fui aprendendo.

Mendel fez um galanteio à sua maneira:

— Foi o melhor negócio da vida dele...

Sílvia acrescentou brincando:

— O que pesou mesmo, eu acho, que foi o fato de minha mãe nunca ter atrasado a mensalidade!

O ex-sisudo Mendel aproveitou o gancho para se descontrair de vez:

— Foi só ele dar uma olhada no carnê de sua mãe... Nem precisou pedir referências.

O bonde passou por um cinema, e o título do filme, "Suplício de uma saudade", chamou a atenção dela.

— Queria tanto ver esse filme! Eu ia muito ao cinema com minha mãe; agora, com a doença do meu pai, ela não sai mais de casa.

Mendel farejou um lance oportunista, algo assim como "se quiser, eu posso te levar..." Mas se conteve. Não seria fácil resistir, pelo menos por enquanto, à tentação de entrar numa sala escura de cinema com aquela mulher fascinante, roçar-lhe os cabelos e ouvir-lhe a voz sussurrante reagindo ao romance na tela. Ainda não estava psicologicamente preparado para consumir essa porção não *kosher* do Paraíso. Respirou fundo e deixou que o bonde prosseguisse, serpenteando pelas ruas e avenidas, abafando as palavras que lhe saltavam da boca.

Não era um indivíduo ousado. Ambíguo? Sem dúvida. O seu era um "querer não querendo...", ou seria um "não querer querendo"? Enganava-se, protelando o inarredável momento de tocar gulosamente nalguma parte do corpo daquela *shiksa* desejável e acender a chama de uma dupla traição: à sua mulher e à sinagoga. Seria menos grave se, ao invés de cristã, Sílvia fosse judia também.

Chegaram ao Grajaú, onde ele deveria descer. Um deslizante aperto de mãos iniciado bem antes da parada foi seguido de uma aguardada pergunta:

— Você vem amanhã no mesmo horário?

Sílvia respondeu com um sorriso:

— Sempre...

Mendel deambulou para casa ignorando tudo em volta; sua atividade mental restringia-se a pinçar deliciosos momentos da curta viagem. Caminhava e não prestava atenção nem nos passantes nem nos veículos, indiferente também ao resultado comercial do dia. Em seu coração, não havia lugar para coisas materiais, agora de menor importância. Só pensava na formosa gerente de Abraham que o bonde do Lins levava para casa.

Pôs novamente na balança os preceitos da religião. Revisando, sem muita acuidade, as tantas proibições talmúdicas, nada encontrou que condenasse o estrito prazer do contato físico com uma mulher, independentemente de sua fé — pelo menos nada tão taxativo como a proibição de comer carne de porco.

Nada lembrou que pudesse se comparar ao gozo de simplesmente estar ao lado dela, nem mesmo os dias que havia passado com sua pobre noiva da juventude em Ostow. Compreendeu os poetas que tanto falam da lua e das estrelas. *Não é que têm razão?* Por conta própria, para efeito lírico, equiparou o velho e iluminado bonde da Light aos astros celestes. E reconsiderou sua opinião sobre versos de amor: não eram umas bobagens como achava antes. Admirou-se por não ter ouvido falar de algum poeta romântico entre os grandes escritores judeus. Havia os russos, mas seus versos eram sempre de exaltação à revolução comunista.

Alheio à sua rotina, custou a se lembrar de que o dia seguinte era sexta-feira; o horário comercial avançava em parte sobre o *Shabat,* que começava em torno das seis horas da tarde. Teria que voltar mais cedo para casa em obediência ao dia do descanso, não podia andar de carro nem de bonde depois que aparecesse a primeira estrela no céu. Só na semana seguinte poderia rever Sílvia.

Ainda na sexta-feira, mais cedo, teria que passar numa mercearia da Rua de Santana para comprar uma *chalá* e raiz forte para o *guefilte fish,* orgulho de Faiga, que, desafiadora, gabava-se de fazer o melhor bolinho de peixe que havia, tanto aqui como em sua terra, ao mesmo tempo em que criticava uma conhecida especialista em culinária judaica: "O *guefilte fish* da Frida Losinsky leva açúcar demais". Além disso, a qualidade dos peixes com que Faiga o preparava tinha melhorado muito depois que passou a ir à feira acompanhada de Vicentina.

Mendel se sentiu mal. Quase ia esquecendo o sagrado descanso semanal por causa de uma simples e pecaminosa viagem no bonde 17. Quando entrou em casa, encontrou a mulher preocupada, dizendo que precisava muito falar com ele. Claro que não se referia a algo que inexistia além das fronteiras de sua vontade; mesmo assim, foi tomado por um sobressalto, sua emoção desconsiderando informações do cérebro de que nada tinha a temer.

Faiga apontou o dedo, não para ele, mas para o teto, e comunicou gravemente:

— Seu Cardoso fez uma lambança, olha lá! A goteira tá pior que antes, foi dinheiro jogado fora!

Só aí o coração de Mendel entrou em acordo com a diretriz cerebral e ele pôde respirar aliviado, relaxando a tensão represada até aquele instante em que teve a imaginária sensação de ter sido descoberto por algo que ainda nem tinha feito. Falsamente cúmplice, concordou com a mulher e também soltou os cachorros em cima do pobre Seu Cardoso.

— Você tem razão, Faiga! Aquele safado cobrou um dinheirão e ficou tudo a mesma porcaria, amanhã mesmo vou ter uma conversa com ele!

Depois de ter sido bruscamente arrancado de um sensual nirvana para tratar de insistentes pingos da chuva e do respectivo serviço malfeito, Mendel, já refeito, trancou-se em si mesmo e voltou a "ouvir estrelas". Entrou no chuveiro e deixou Faiga intrigada ao ouvi-lo, pela primeira vez, cantarolar *"Bei Mir Bist Du Schein"* ("Para mim você é linda").

Jantou e foi dormir como se estivesse novamente nas nuvens, isto é, dentro daquele etéreo bonde da Light. Estava moralmente bígamo: tinha uma mulher no pensamento e outra materialmente ao seu lado, no leito conjugal. Teve pena de Faiga. Olhou para ela, tão inocente, adormecida, sonhando talvez com suas goteiras e chuviscos na televisão. Comparou o que via com a silhueta de Sílvia e convenceu-se de que estava fazendo "um bom negócio".

Faiga teria suas compensações, repetia; acrescentou algo mais ao que já havia estabelecido: dedicaria mais tempo a ela, fariam constantes visitas aos amigos, almoçariam fora, compraria uma televisão nova etc., além de outros programas típicos de um casamento sem rusgas.

Implantou o novo regime doméstico dedicando o fim de semana à família. Fazia tempo que não iam à Quinta da Boa Vista, com seu Museu Imperial e parque de diversões. Moishele não era mais criança, e por isso a ideia, de início, causou estranheza, logo transformada em entusiasmo. Mendel fez questão de levar Vicentina.

Faiga e Moishele se provocavam: quem teria coragem de andar na Roda Gigante? E na Montanha Russa? Mendel, maquiavélico, acompanhava o sucesso de sua estratégia. Não tomou partido na "discussão", foi logo dizendo que o único risco que correria no parque seria comer pipoca não *kosher*.

Passaram o domingo cobertos de ilusão, registrada na

foto batida pelo "lambe-lambe". O passeio obedecia à necessidade que Mendel tinha de subornar sua consciência, fruto de um improvisado e particular senso de justiça, compensação exigida por uma culpa precoce e apenas esboçada. Daí em diante, providenciaria outras incursões pelo lazer convencional para dar episódicas satisfações ao ego infrator. E incentivou a mulher a pesquisar os melhores filmes e peças teatrais em exibição. Sua vida iria sofrer certo arranjo conjugal: a Faiga, as honras do *Shabat* e os folguedos dominicais; a ele, as encantadas viagens diárias de retorno ao lar em bela companhia.

Finalmente, na segunda-feira, Mendel pôde ver Sílvia com mais intimidade. Soube então que Abraham estava bem melhor e voltaria logo ao trabalho, não teriam a mesma liberdade na joalheria. Restava-lhes o oásis do bonde Lins de Vasconcelos.

— Senti sua falta na sexta-feira, Mendel — disse Sílvia, superlotando sua vaidade, pois era o que ele esperava ouvir quando a reencontrasse.

— Também senti a sua, mas esqueci de dizer que na tardinha da sexta-feira começa o *Shabat*. Depois de certa hora, por motivos religiosos, os judeus ficam impedidos de trabalhar ou fazer qualquer coisa que não atenda ao dia do descanso.

— E é proibido andar de bonde no *Shabat*?

— A religião, segundo nossos sábios, só permite nesse dia que andemos a pé, nada de condução. É claro que nem sempre é possível.

— De qualquer modo, temos a segunda, a terça, a quarta e a quinta — arrematou Sílvia, contando cada dia num dedo.

Pôs a mão sobre a de Mendel, que fez o mesmo, como já tinham ensaiado no outro dia. Em meio à viagem, de sacolejo em sacolejo, o namoro foi sendo "oficializado". Mendel brincou, apontando a já familiar tabuleta do anúncio:

— Agradeço ao "Rhum Creosotado".

— Agradece o quê?

— O belo tipo faceiro sentado ao meu lado.

Sílvia riu muito, e respondeu espirituosamente:

— Pois fique sabendo que nunca tomei esse tal rum na minha vida.

A brincadeira com o xarope resultou num primeiro, curto beijo de Mendel na maçã do rosto dela. Nesse dia e nos outros seguintes, durante semanas, até que adquirisse a naturalidade e os reflexos de um adúltero contumaz, dom que só vem com a prática, Mendel chegava em casa sentindo-se um delinquente, o coração acelerado de um fugitivo. Bom psicólogo, conhecendo as fraquezas da mulher, passou a levar para casa uma variedade de doces, criando um hábito que atiçava a gula e a curiosidade de Faiga ao enxergar o embrulhinho que ele trazia diariamente. Enquanto Faiga desembrulhava e provava tais delícias, Mendel se esquivava de contar "como fora o seu dia", para evitar alguma contradição ou gaguejo. Ia direto para o banho.

Com o tempo, seguro de si, não viu mais necessidade de continuar com essas pequenas recompensas. É fato que, mesmo para um neófito, na escalada do amor não há retrocesso. Dado o primeiro passo, logo, convencionalmente, virá o segundo, e assim respectivamente até o infinito... Depois daquele "ardente" aperto de mãos — podemos chamá-lo de "infidelidade em primeiro grau", um quase nada na escala "Richter" da traição —, onde quer que estivesse, ao pensar eroticamente na sua musa, mesmo em lugares públicos, Mendel, valendo-se da *Tribuna Israelita*, cuidava para que os circunstantes não notassem nele uma surpreendente e nem tanto tímida ereção. Era algo inusitado esse inconveniente, um quase milagre na idade dele, só controlável quando ele superpunha sobre a imaginária nudez de Sílvia à temida e também imaginária cara de Isaac Singer, um rabino barbudo de sua antiga cidade.

Antes de adormecer — era a hora em que prelibava o que estava por vir no dia seguinte —, Mendel planejava o caminho mais curto na direção da "amada Sílvia" — era assim que o nome dela já frequentava seu pensamento. Ao seu lado, no leito, já resolvido o problema da goteira, Faiga se preocupava agora com o vestido que usaria no dia seguinte, numa reunião do comitê de mulheres que angariava fundos para o jovem Estado de Israel.

Com muito cuidado, procurando cercar-se do máximo sigilo, Mendel planejava levar Sílvia ao cinema, justamente para assistir "Suplício de uma saudade". Sem dúvida, durante a película, o roteiro daquele tórrido romance propiciaria o momento e a emoção para se abraçarem apertados, e, quem sabe, até um beijo substancial quando a romântica trilha sonora sublinhasse certas cenas entre o galã americano e a bela médica oriental. Estava ciente da contagiante carga sentimental do filme, já o tinha visto, impassível, com a esposa. Desde então não tirava da cabeça que era imperativo rever o filme, mas dessa vez com Sílvia, porque com Faiga tinha sido um desperdício.

Comprou os ingressos e a esperou na porta do Metro Passeio. Sentaram-se na última fileira, como Mendel premeditara para que um homem mais velho junto àquela jovem não chamasse atenção — havia na época os "vaga-lumes", funcionários uniformizados que percorriam o salão com uma lanterna — sem falar na inibição por ter alguém sentado bem atrás deles.

Mendel já tinha observado como faziam os adolescentes. Até a metade do filme, Mendel apenas segurou-lhe a mão. Só então, cuidadosamente, a abraçou. E assim permaneceu durante a outra metade. A cada vez que tentava colar seu rosto no dela encontrava delicada resistência. Mas sabia que tinha um trunfo. À medida que o filme chegava ao seu dramático fim, notou lágrimas nos olhos dela. Estava fragilizada.

Mas ainda não queria arriscar, jogaria tudo na última cena, quando o fantasma de William Holden aparecia dando adeus a Jennifer Jones do alto de uma colina, ao som de *"Love is a Many Splendored Thing"*. Bom e empírico conhecedor da alma feminina se revelava Mendel... Dessa vez não houve resistência. Beijaram-se e estreitaram-se até o acender das luzes, empurrados pelo mais inebriante fundo musical da face da Terra. Quase se tocaram a cruz de ouro no peito dela e a estrela de Davi no peito dele.

Em casa, a voluntária explicação para chegar mais tarde foi a de sempre: o trânsito engarrafado. Mendel inaugurava com sua irregularidade um novo horário de volta ao lar, e seu semblante de mal contida felicidade não foi detectado por Faiga, que sequer tinha novos infortúnios hidráulicos ou pluviais a relatar. Sua afabilidade com a esposa era diretamente proporcional à sua ansiedade para que a noite virasse logo dia e que as horas corressem desabaladamente, até o momento em que Sílvia despontasse luminosa no ponto de encontro.

Ao vê-la no dia seguinte, sentiu falta do costumeiro sorriso, notou que ela estava diferente; seria uma atitude de cautela ou tinha a ver com o beijo roubado na véspera?

— Você está arrependida?

— Não... Por quê?

— Alguma coisa está te preocupando...

— Você tem razão, estou preocupada com o padre Félix.

— Por quê? Eu não estou preocupado com o rabino Meyer.

— Na sua religião é diferente.

— Diferente como?

— Pra ser absolvida dos meus pecados preciso confessar; todo domingo eu confesso e comungo.

Mendel se comoveu com o fervor religioso de Sílvia, mas não resistiu ao costume judaico de minimizar preocupações.

— Você tem mais sorte do que eu — disse.

— Por quê?

— Porque pode ser absolvida todo domingo; os judeus só são perdoados uma vez por ano, no Dia do Perdão.

— Eu sei, no *Yom Kipur*. Abraham não abre a loja nesse dia, e faz jejum o dia inteiro. Você também jejua?

Mendel vacilou na resposta.

— Sim... Quero dizer, mais ou menos...

— Mais ou menos como?

— Não consigo ficar sem o café de manhã.

— E não come nada?

— Quase nada... só um pedacinho de pão preto.

— Sei, já provei; de vez em quando o Abraham traz para a loja.

— Na confissão você precisa contar que fomos ao cinema?

— Claro!

— Com todos os detalhes?

— Sim... pra ter valor.

— E se o padre achar que foi pecado?

Sílvia explicou meio envergonhada:

— Se for um pecado pequeno ele manda rezar três Pai-Nosso; só vou saber na missa do domingo.

Na segunda-feira, Mendel quis saber que penitência Sílvia tinha recebido do padre.

— Dez Pai-Nosso e dez Ave-Maria — disse, choramingando.

— Mas que absurdo! Tudo isso por causa de um beijo? Você não explicou ao padre que foi unzinho só?

— Isso não faz diferença, o pecado é o mesmo. Aumentou tanto foi por outra coisa.

— Que coisa...?

— Eu confessei que tinha beijado um judeu.

A veia judaica o levou a troçar de novo, em tom comercial.

— Se é assim, podemos nos beijar dez, vinte vezes, que dá no mesmo.

Sílvia disse que o melhor mesmo seria reduzir o número de confissões. Seus pais iriam estranhar, mas ela daria alguma desculpa. Uma pergunta de Mendel sutil e maliciosa a fez rir:

— Me diz uma coisa, você alguma vez recebeu uma grande penitência? Algo assim como vinte Pai-Nosso e vinte Ave-Maria?

Sílvia entendeu o alcance da brincadeira.

— Não! Nunca! Não foi preciso. Essa última do nosso beijo foi a maior que recebi até hoje — respondeu com convicção.

Sílvia é virgem, concluiu Mendel pelo fator "penitência",

sem saber no momento se era algo preocupante ou tranquilizador.

O romance, uma vez consolidado, teve saudável efeito colateral na vida de Mendel. O clima doméstico e seu apego religioso, em vez de arrefecerem, tornaram-se mais vigorosos, um modo de convencer a si mesmo que o fato de ter um caso com uma gentia não afetava seu casamento nem seu judaísmo. Ao contrário, passou até a dar mais atenção às intermitentes ocorrências reportadas por Faiga. Ouvia pacientemente suas novas lamúrias e reivindicações: a troca do encanamento do banheiro, o azulejo que não estava encontrando da mesma cor, uma porta empenada...

Tinha comprado o carro novo e passou a dirigir com gosto, era diferente de estar ao volante de um Ford 34 cheirando a gasolina. Fazia tempo que não passavam um fim de semana fora, então retomaram o hábito de ir a Petrópolis. Maquiavelismo à parte, Mendel era um marido perfeito, provedor do lar e mais dedicado do que nunca às mínimas vontades da mulher. À moda do Rei Salomão, dividia-se sabiamente entre as duas mulheres de seu pequeno reino urbano, suprindo as respectivas necessidades materiais de uma e as sentimentais da outra. Equilibrava-se como um "violinista no telhado".

Entre os cuidados adicionais, por causa de Faiga, pediu a Sílvia que não usasse seu "Fleur de Rocaille" quando se encontrassem, evitando que o delicioso perfume francês deixasse vestígio, no seu paletó ou dentro do carro. Sílvia ficou constrangida com o pedido, mas ocultou seu orgulho feminino, suportou resignada; era uma parcela do preço por se afeiçoar a um homem casado, sem falar das vezes em que tinham de se esconder às pressas quando aparecia algum conhecido da comunidade judaica.

Nessa altura, Moishele havia entrado para a Faculdade de Direito e também estava começando um namoro. Por coincidência ou falta de imaginação do destino, ou talvez as duas coisas, com uma jovem de família também muito católica. Os relacionamentos de pai e filho, paralelamente, andavam às mil maravilhas. Mas nem sempre depois da tempestade vem a bonança, às vezes sucede o contrário. Com maior ou menor intensidade, cada um deles teria seu quinhão de intempérie.

Vicentina percebeu que Mendel estava mudado, mas não sentia a presença de um mau espírito; se havia algum interferindo era até de boa índole, pois nunca o tinha visto cantarolar e assoviar daquele jeito. Antes parcimonioso, agora procurava assunto com todos da casa, e estendia sua prodigalidade. Acertou com Vicentina a compra de um terreno no subúrbio; aos poucos construiria a casa dela. Vicentina exultou. Uma casa! Coisa impensável para quem há poucas décadas tinha ascendentes escravos morando em senzalas. Suspeitou de alguma motivação incomum por trás da generosa promessa.

Na sinagoga, o encontro semanal com os amigos continuou como sempre. Nenhum olhar desconfiado, nenhuma insinuação. Seu segredo permanecia intacto. Se um deles tivesse visto ou sabido que ele tinha uma bela e jovem namorada não escaparia de irônicos elogios: "*Sheine Meidele!*",[38] ouviria aqui e ali.

Depois de restabelecido, o patrão de Sílvia compareceu ao templo, pela primeira vez. Estava feliz e sorridente, vinha orar e agradecer ao Todo-Poderoso por estar ali novamente gozando de boa saúde. E filosofava óbvias verdades: "O dinheiro não é nada, a saúde é tudo! Todos os brilhantes do mundo não valem o momento em que o médico te dá alta!" Teve que manter o sangue frio ao cumprimentar e abraçar o amigo Abraham. Conversaram sobre os negócios, e Abraham revelou outra graça recebida:

— Encontrei tudo em ordem na loja; minha gerente prestou contas do movimento desde o primeiro dia em que tive de me afastar; anotou tudo, não escapou nem uma mosca. Até as vendas melhoraram, Sílvia vale ouro!

Mendel sentiu uma ponta de orgulho ao ouvir comentários tão elogiosos à sua namorada.

Abraham chegou a gracejar:

---

38 Do íidiche: "linda moça".

— Se eu não fosse casado, mandava ela se converter e casava com ela.

Mendel esticou o gracejo:

— E se ela não quisesse se converter? E, com o mesmo direito, exigisse que você entrasse pra religião dela?

Mendel não imaginava o quanto havia de premonitório nessa provocativa e "absurda" indagação.

Abraham não brincou dessa vez:

— Isso nunca! Os judeus só se converteram no tempo da Inquisição, para escapar da fogueira! — e ironizou com malícia:

— A mulher é uma fogueira diferente... Não queima.

Mendel, esperto, fingiu-se de ingênuo para colher informações:

— Uma moça tão bonita e ainda solteira, difícil de acreditar...

O pobre Abraham correspondeu à sua expectativa:

— E não é só isso, ela quase acabou num convento, ia ser freira, conheço os pais dela, são muito católicos, não saem da igreja, não perdem uma procissão. Sílvia é filha única, sempre foi muito presa; nesse tempo todo em que está comigo nunca soube que tivesse namorado — e completou com um suspiro:

— Uma pena!

Mendel ouvia com a máxima e bem disfarçada atenção. Tinha mais que curiosidade, tinha interesse em saber tudo sobre ela. Com Sílvia ele não se aprofundava nas questões familiares, não perguntava para não ser perguntado.

O encontro com Abraham confirmou o que pensava dela: era uma moça de excelente caráter, com vínculo familiar muito forte, extremamente preocupada com os pais e quase sem vida pessoal. A história de Sílvia, avessa ao assédio masculino por conta da rigidez de sua criação e influência da igreja, deu a Mendel a certeza de que tudo realmente tinha começado com a admiração por sua arte, evoluindo daí para um olhar afetivo. Ainda conversaram sobre o movimento comercial e a situação dos concorrentes, terminando com previsões pessoais sobre a cotação do ouro e do dólar.

Um homem de seus quarenta e poucos anos se aproximou. Era Samuel, filho de Levy Goldberg, que havia falecido. Pediu a ambos para virem à sinagoga no dia seguinte formar um *minian* para o *Kadish*. Mendel prometeu que viria. Ao ver um filho providenciando o *Kadish* do pai, foi tomado por profunda mágoa, uma dor que o acompanhava há muito tempo: não tinha um filho para rezar o *Kadish* quando ele partisse. Pela norma da religião, um estranho poderia fazê-lo, mas seria uma oração sem sentimento, algo mecânico, geralmente remunerado. E quem contrataria tal oficiante não aparentado? Pensou em Moishele. Na mesma ocasião, consultou o rabino para saber se haveria algum impedimento. O rabino ouviu a história do seu filho de criação e respondeu que o simples pagamento podia ser feito por qualquer pessoa, independente da religião.

Mendel compartilhou com Moishele o seu desejo e o instruiu, explicando-lhe o que deveria fazer após sua morte: contratar um judeu religioso para dizer a oração. Moishele disse que não esqueceria.

Mendel não aceitava sua falta de sorte. Muitos casais tinham se formado no navio em que tinham vindo para o Brasil. *Ele era muito bem-apessoado*, lembrava, *podia ter escolhido qualquer uma.* Havia, a bordo, tantas moças solitárias, inseguras, sem saber o que as aguardava numa terra desconhecida; demorou muito a se decidir, achava defeito em todas. Quando resolveu, já não havia muita escolha, acabou ficando com Faiga. *Hoje, todos os meus conhecidos casados com moças do navio, Samuel, Isaac, Aron, são pais de filhos já formados, médicos, engenheiros...* Perdera a conta dos *bris* e *bar-mitzvás* de seus filhos e netos; mas o destino o punira por escolher tanto, acabou se casando com uma mulher que não podia procriar. *Sou um judeu sem festas das quais me orgulhar diante do* ishuv,[39] lamentava. *Nem mesmo uma filha, vá lá que seja, a Faiga me deu...*

Até então Mendel não tinha ruminado tanta animosidade em relação à esposa. Sempre fora um homem conformado

---

39 Comunidade judaica.

com a sorte conjugal, não discutia os desígnios de Deus. Na verdade, esse novo contorcionismo mental não passava de defesa psicológica frente ao sentimento de culpa que, vez por outra, o acossava, ainda mais porque a lei penal da época considerava o adultério um crime.

A ansiedade pelo encontro no início da semana seguinte deixou-o um tanto atordoado. Pela primeira vez sairiam em seu carro novo, estava livre das limitações do lerdo e tão indiscreto veículo antigo. Sílvia desejava sair para jantar, tomar um vinho em ambiente livre, em contraste com o modo esquivo dos encontros que vinham tendo.

Mendel escolheu um lugar estratégico, o Alto da Tijuca, frequentado por namorados que iam até lá de carro. Não era distante de suas casas no Grajaú e no Lins de Vasconcelos.

A tensão nervosa de se verem pela primeira vez num cenário romântico fez Mendel esquecer que era um judeu *kosher*, seguidor da dieta ritual judaica. Só a meio do caminho lembrou-se da obrigação religiosa que o impedia de tocar em alimentos impuros, não conformes com as normas estabelecidas há séculos. Mas era tarde. Como virar-se o grande amor de sua vida e com naturalidade anunciar: "Querida, temos de voltar, tinha esquecido que pela dieta judaica não poderei jantar com você". Seria talvez o fim de tudo, e resolveu não correr o risco.

Restou-lhe um arremedo de solução: pediu filé de peixe com batata cozida. Há peixes permitidos e outros vedados, conforme tenham ou não escamas e barbatanas. O benefício da dúvida deixou-o mais seguro, não ia perguntar ao garçom o nome do peixe nem suas características físicas. Quanto à batata, nada tinha a opor, era um alimento imemorial dos judeus.

Sílvia o acompanhou na escolha. A gastronomia do peixe, porém, clama por um bom vinho, e Mendel viu que não teria saída. A garrafa mais próxima autorizada pelo rabinato estava a quilômetros de distância, em alguma mercearia especializada. Sem vinho, o encontro tão ansiosamente esperado seria como um baile sem música. Então, em nome do amor, Mendel Rosenstrauch, que já se esquecia da *kipá*, infringiu as regras do *Kashrut*,[40] acatando a sugestão de um profano vinho branco.

O clima envolvente, reforçado pelo efeito de traiçoeiros goles da bebida, afastou temporariamente de sua mente todas as trezentas e sessenta e cinco restrições religiosas dos livros santos (são 248 obrigações). Avaliava: *Quanto não vale este momento? Nem em sonho eu teria o gozo de uma hora assim, num lugar assim....* Nada mais importava, não tinha o que temer. Depois, com calma, buscaria no Talmud uma justificativa para aquela recôndita aventura assimilada com uma *shiksa*, também um argumento válido em defesa do duvidoso filé de pescado e alguma desculpa para o impróprio fermentado vinícola.

De sobremesa, num rasgo juvenil, aceitou só pelo nome a sugestão de Sílvia: um "Romeu e Julieta". Redundante, transbordava de euforia: *Só essa noite compensa com juros meu voluntário exílio...* Esqueceu-se até de que esse "exílio" tinha salvado sua vida, tirando-o a tempo da Polônia.

Ao deitar-se, recapitulou como os dois tinham se olhado, tudo que se haviam dito, cada palavra de carinho, cada sorriso, como tinham se tocado sensualmente. À margem de seu mundo e de suas tradições, nessa altura Mendel se sentia um privilegiado, a salvo de nuvens ameaçadoras. As emoções da conquista amorosa não perturbavam a harmonia do lar, o afeto filial do querido Moishele o preenchia, e comercialmente não tinha do que se queixar.

Entretanto, o cabalista dentro dele sabia que em cada esquina espreita o imponderável, como naquele caso esdrúxulo que volta e meia a comunidade relembrava e trazia à baila entre risinhos de fofoqueiros e, principalmente, de fofoqueiras.

Quando morreu Leybel Rabinovich, um dos ortodoxos mais radicais e assíduo frequentador da sinagoga, apareceram no jornal, um ao lado do outro, dois avisos fúnebres: um com a estrela de Davi, em que esposa e filhos comunicavam seu fale-

---

40 Conjunto de regras da culinária *kosher*.

cimento, e outro com uma cruz impressa, em que "sua compa-nheira e filhos" davam a infausta notícia.

Nem de longe comparava seu caso ao de Leybel Rabino-vich, exemplo extraordinário de autocontrole e administração "multifamiliar". Como um judeu extremado, sempre trajando longo casaco negro e chapéu redondo, uma pedra de carvão no meio da neve, tranças laterais e barba comprida, pôde viver impunemente durante tanto tempo entre dois universos conju-gais tão diferentes, seu ninho judaico e a outra família gentia? O que lhe dava mais inveja é que tinha filhos dos dois lados, todos homens. Os filhos judeus rezaram seu *Kadish*, e a família *goy* mandou rezar missas de sétimo e trigésimo dia. Se Leybel Rabinovich não foi para o céu, não foi por falta de orações.

Mendel não era tão habilidoso, mas seguia estável em sua casa e na sinagoga. Na relação com Sílvia, completava-se como homem. Não eram amantes consumados, mas a intimida-de possível na época entre uma quase freira e um vacilante sexa-genário israelita proporcionava cuidadosas variantes da prática dos adolescentes. Tinham pavor de uma gravidez.

14. Viúvo

Gente de carne e osso não é inerte como um quadro pendura-
do na parede, que tende a ali permanecer até que as tintas se des-
manchem. Somos como peças do tabuleiro de xadrez, movidas a
cada instante pela mão do que chamamos "destino", ou, simplesmente, derrubadas pelo tempo, com ou sem aviso prévio, folhas
caídas no chão levadas pelo vento ou por uma súbita vassourada.

Mendel ia comemorar quatro anos de namoro quando
uma peça do tabuleiro caiu. Faiga, sua companheira diária desde
o encontro a bordo, morreu de ataque cardíaco.

O viúvo permaneceu por longos meses afundado em depressão. Somente Moishele era capaz de tirá-lo da letargia, le-
vava-o à sinagoga, não deixava que interrompesse as visitas aos
clientes, diligenciando para que o trabalho do pai não sofresse
interrupção, mesmo por ser o melhor tratamento para seu estado.

Pouco a pouco, Mendel foi se recuperando, e emergiu do
silêncio.

Tinham ido a uma estação de águas. De volta, já estava
em condições de retomar sua vida com a antiga independência.
No período de escuridão e desamparo, aparecia em lampejos de
vida, que lentamente foram afastando as sombras da viuvez, a
figura da mulher que mobilizava seus hormônios: embora não

tivesse comunicado a Sílvia o passamento de Faiga, tinha certeza de que Abraham o fizera.

O reencontro com Sílvia não diferiu de sua rotina de namorados: foram de automóvel à costumeira Floresta da Tijuca. Num acordo tácito, não falaram sobre Faiga. Dessa vez o contato físico não foi como antes, mas sôfrego, transbordante do que tinham poupado no período de separação. A veemência da adrenalina em suas veias os fez ver que era hora de providências mais drásticas, libertos daquele roçar imaturo, inconcluso e repetitivo. Olharam-se ofegantes e pensaram juntos: *Não podemos continuar nos encontrando assim!* Num ímpeto de ousadia, Mendel propôs:

— Posso alugar um apartamento discreto para nossos encontros.

Sílvia, chocada, o empurrou, soltando-se de seus braços.

— Não esperava isso de você! Não sou uma prostituta! Até agora nossos encontros eram limitados por nossas consciências. Eu já pecava por sair com um homem casado, são erros de quem se apaixona, entende a situação do outro e se conforma. Não é fácil abandonar uma esposa leal, desmontar uma relação de tantos anos, paciência! Agora a pobre mulher se foi, você é um homem livre, diz que gosta tanto de mim, e eu de você! Vamos continuar como meninos, namorando escondido dos pais? Não importa a nossa diferença de idade, acho que podemos construir algo bom e digno.

A contundência dessa reação o surpreendeu. Julgava inalterável a forma do relacionamento, era um quadro cômodo. Entendeu claramente a "mensagem" de Sílvia: ela não seria sua amante. Estava sugerindo que se casassem. Ligou o carro e acelerou.

— Falaremos disso outro dia — encerrou Mendel.

Permaneceram mudos durante todo o percurso, até ele a deixar em casa. Nem se deram o beijo de despedida.

Mendel estava literalmente entre a cruz e a caldeira dos abandonados. Tendo perdido a mulher que lhe organizava a vida, estava agora na iminência de perder também a que despertara sua paixão. A simples insinuação de Sílvia, "construir algo mais sério", o deixara em pânico. Estava disposto a resistir, negociar uma alternativa. Mas se casar com uma *shiksa*...

Desmoronou. Não era a mesma tristeza da morte da esposa, era um sofrimento na carne, de desejo aprisionado. Mas não cederia um milímetro. Ela que o procurasse incondicionalmente. E dava razão a um amigo celibatário, que ridicularizava a obsessão feminina pelo casamento: "As mulheres preferem um marido a ganhar o Prêmio Nobel".

Procurá-la primeiro seria sinal de fraqueza, praticamente a aceitação daquele "algo mais sério". As rezas diárias e a tradição milenar contra o casamento misto o protegeriam de ofender o imperativo costume de seu povo. *Ela vai ligar, ela vai ligar...* — repetia obsessivamente o dia todo, todos os dias.

Mas ela não ligava.

Mendel temia dar tamanho passo no caminho da assimilação e isolamento. Conhecera judeus religiosos que haviam se casado com mulheres não judias e foram virando *goyim*, perdendo a identidade israelita. O maior prazer de um *asquenazi* como ele era conversar em iídiche, a língua da diáspora, falada por seus pais e pelos pais de seus pais. Muitos em Ostow sequer aprendiam a falar polonês, o idioma oficial. Casar com uma *shiksa* equivalia a uma excomunhão tácita, e ainda por cima resultaria na perda do idioma.

Mendel não ia deitar fora sua identidade secular. Para resistir à tentação que ameaçava o que tinha de mais caro, valeu-se de um artifício: refugiou-se nas lembranças, nas longínquas imagens do passado. Juntou e contemplou demoradamente todas as fotografias que trouxera da Polônia — pai, mãe, avós paternos, avós maternos, tios e tias, parentes já esquecidos. Em cada melancólico olhar congelado via um chamamento e um alerta para que não abandonasse a Rua Judaica, o bairro habitado pelos judeus, separado da zona polonesa.

Aos poucos, com maior ou menor nitidez, foi aleatoriamente reunindo episódios que saltavam de sua memória e das fotos amareladas. Tentava assim diluir a imagem da mulher que o queimava por dentro, não podia jogar fora sua história *kosher*, seu legado de verdadeiro judeu. Mas sentiu que era uma luta perdida. Dominado pelas "ardentes" sensações no escuro do cinema e sôfregas esfregações dentro do carro, apenas ganhava tempo.

Riu ao se recordar de sua "arma" para conseguir dos pais um doce ou um brinquedo: saía correndo pela rua sem cobrir a cabeça. Em Ostow, nenhuma pessoa do sexo masculino, criança ou adulto, andava com a cabeça descoberta, era uma ofensa ao Talmud. Havia no mínimo uma fabriqueta de chapéus e bonés em cada rua. Prosseguiu em sua imaginária e inútil "viagem" sentimental. Lembrou-se do *hering*, o arenque defumado que agora comprava numa delicatessen, muito bem embalado para não respingar. Em Ostow, quando sua mãe o mandava comprar o peixe, não era assim, não vinha embrulhado; papel era coisa rara, algo tão precioso que valia ouro o fino invólucro das frutas importadas, aproveitado posteriormente para uso higiênico, um verdadeiro luxo. Um jornal era lido por várias famílias e depois, parcimoniosamente, usado no comércio para embrulhar a mercadoria. O *hering* era envolto apenas pelo meio, por uma tira em torno. Muitas vezes, entre 1914 e 1918, o nome impresso do kaiser deu volta completa no pescado, deixando de fora a cabeça e o rabo, por onde pingava a salmoura que o menino Mendel lambiscava. A cabeça do peixe era honrosamente reservada ao chefe da família, diferente do Brasil, onde é geralmente descartada.

O Rabino Herschel era um milagreiro, e uma fila longa e estranha se estendia diante de sua tumba em cada aniversário de sua morte, indo do cemitério até a sinagoga. Os judeus de Ostow faziam-lhe por escrito toda sorte de pedidos: cura de doenças, sucesso financeiro, marido para a filha. Tais petições deviam ser escritas em hebraico para que o espírito do rabino pudesse "lê-la". Curiosamente, a maioria da população era capaz de ler em hebraico, mas não de escrever. Então, os estudantes e professores ganhavam um bom dinheiro redigindo os pedidos sobre mesas espalhadas ao longo da fila, uma verdadeira indústria. O próprio estudante Mendel não tinha mãos a medir, porque, além de uma escola pública polonesa, frequentava um *cheder*,[41] falava e escrevia o hebraico.

E quanto ao *Shabat*? Muitos comerciantes em Ostow, resignados, se queixavam do duplo prejuízo semanal: aos sábados não abriam suas lojas devido ao dia de descanso dos judeus, e aos domingos não podiam funcionar por ordem do catolicismo oficial polonês. Veio-lhe facilmente a imagem do interior iluminado da sinagoga, com sua bela decoração. Menino do coro dos nove aos quatorze anos, nas manhãs de sábado encantava-se com duas grandes águias pintadas na parede, uma em cada lado da Arca, e sobre ela dois leões esculpidos, sustentando as Tábuas da Lei. Na parede oposta, havia os afrescos da "tumba de Raquel" e do "Muro das Lamentações". Nunca mais vira sinagoga tão bonita, muito menos no Brasil.

O templo de quinhentos anos era um prédio imponente, mas tinha sua altura limitada pela lei polonesa: não podia ser mais alto que a igreja católica. Uma curiosidade é que havia um barril cheio de água no vestíbulo, para os homens lavarem as mãos de volta ao interior da sinagoga após terem saído para urinar. Ao lado, uma longa toalha, permanentemente suja e úmida de tanto uso.

Uma vez, escondido atrás da cortina, Mendel assistiu a um ato de anacrônica flagelação na sinagoga. Uns poucos radicais ainda adotavam esse castigo: o Talmud estipula 39 chibatadas às vésperas do *Yom Kipur*, mas o castigo a que assistiu foi "negociado" entre o supliciado e o algoz, que recebeu algumas moedas em troca de suaves chicotadas.

Como esquecer a incrível história do Professor Milstein, que sobrevivia vendendo quadros da Virgem Maria e do Menino Jesus na porta das igrejas? Como tinha o revelador sotaque *iídiche*, fingia que era mudo, disfarce que salvou sua vida quando os alemães chegaram. Os nazistas nunca desconfiaram de que o pintor de santos católicos fosse judeu.

---

41 Do hebraico: "quarto". Por extensão de sentido, escola judaica na própria casa de um *melamed* (professor).

Vivendo no Brasil, a abundância de frutas tropicais acentuava a memória dessa carência em Ostow, principalmente porque lá não havia a tão sonhada laranja. Quando a tia que morava na França trouxe uma, a fruta foi cortada em preciosos pedaços distribuídos entre seus pais e seus irmãos.

Essa peregrinação por um mundo que já não existia fisicamente era uma barricada para defender-se da apostasia. Tinha visto em sua visita a Ostow o que sobrara de sua sinagoga incendiada, os centros de estudos religiosos demolidos. Havia restado apenas a memória das coisas e das pessoas cujas faces ele ainda conseguia a custo reconstituir. Mendel sobrevivera por um capricho do acaso que o impelira para o Brasil, e via como traição a possibilidade de eliminar de sua vida futura, por causa de uma mulher, a milenar herança espiritual.

Essa tenaz resistência à paixão proibida o trouxe de volta às raízes de sua fé, e julgou que estava a salvo. Durou pouco, é verdade, não mais que quatro ou cinco dias, até que uma sombra sensual, em conhecida forma de mulher, veio vindo, veio vindo, e o arrastou-o outra vez para longe do gueto. O instinto venceu a devoção.

A paixão doentia, além da carência emocional e orgânica, o levou a ceder. Foi o primeiro a telefonar, gesto que implicava alguma concessão. Sílvia manteve-se distante, em nenhum momento acenou com a reconciliação. Mas respeitou a capitulação dele. Travaram um diálogo prosaico, meloso, previsível e algo ridículo, comum no reencontro de dois apaixonados:

— Sílvia... é Mendel.

— Como você está?

— Com muita saudade...

— Eu também...

— Tenho pensado muito em nós dois.

— Infelizmente, Mendel, não vejo solução do jeito que você quer as coisas entre nós. Eu já disse que sou filha única, meus pais são muito rígidos, muito controladores, para eles sou ainda uma criança, não importa que esteja próxima dos quarenta. E nós dois pensamos muito diferente. A religião...

Mendel a interrompeu.

— É sobre tudo isso que eu quero conversar, quero que você ouça o que tenho a dizer, farei tudo...

Sílvia tampouco deixou que ele completasse a frase.

— Não diga mais nada, não quero sofrer outra decepção, pois gosto muito de você.

— Então vamos marcar um encontro, no mesmo lugar de sempre, eu pego você.

— Não sei...

— Eu insisto.

— Está bem, fico esperando; não sei pra quê, mas vou te esperar.

Era a vontade carnal que, no fundo, detonava as palavras de Mendel. No caminho, preparou-se psicologicamente para o "embate". A promessa com que acenaria para o sonho de Sílvia, não intencionalmente, era como as do *Kol Nidrei*,[42] na liturgia judaica dispensadas de cumprimento a partir de certa data religiosa.

Os muitos beijos e abraços do primeiro momento o deixaram calmo, aliviado da crise de abstinência do tato e do cheiro daquele corpo. Os olhos dela, porém, cobravam algo, e ele sabia bem o quê. Em pleno êxtase, teria que propor alguma coisa concreta, tinha prometido. Mesmo assim, pendurou-se na típica pesagem judaica entre os prós e os contras: *Casar-me com ela, uma católica praticante, está fora de cogitação; a sugestão de um lugar para encontros a deixou horrorizada, "coisa de prostituta", ela disse. Não quero perdê-la nem me casar; tenho, portanto, de achar um meio termo, alguma coisa que não a decepcione.*

Não resistiria às trevas de um rompimento definitivo caso ela se mantivesse inflexível, mas o casamento com uma "*shiksa*" viraria seu mundo de cabeça para baixo. Nessa estratégia de paulatina negociação, transplantada da longa experiência mercantil, pensava que o último "preço" seria o seu. Mas precisava ganhar tempo, deixá-la mais saudosa. Conseguiu um prazo.

---

42 Oração inicial do *Yom Kipur*.

15. Segundas núpcias

Mendel se acreditava-se no controle da decisão final, e "morar juntos" seria sua generosa proposta. Magnânimo, resolveu pôr na mesa seu trunfo irrecusável. Supunha que assim resolveria de vez a questão. Levou-a para tomar chá na Confeitaria Colombo, um belo cenário. Pediu chá com torradas e, logo, prelibando o gozo da vitória, disparou:

— Vamos morar juntos em minha casa no Grajaú! — fixou o olhar no rosto de Sílvia, aguardando um largo sorriso de aprovação.

Ela retrucou com ironia, algo incompreensível para ele.

— Que maravilha! Fui promovida, agora vou virar sua concubina.

Frustrado, Mendel argumentou com casos precedentes:

— Tanta gente vive assim... E até melhor que os casados no papel!

Mas Sílvia não deixou que o "debate" prosperasse. Antes mesmo que viesse o chá com torradas, tacitamente, deu o assunto por encerrado e pediu:

— Me deixa em casa!

Tudo voltou à estaca zero. Aturdido, Mendel precisaria de mais tempo para achar uma nova cantilena, se é que ainda havia alguma em seu repertório. Quando Sílvia saltou do carro, em vez do boa-noite de despedida, ele ouviu o que lhe soou como uma sentença para o cadafalso:

— Mendel, eu quero me casar, não me procure mais com joias falsas!

Sem fala, acompanhou os passos de Sílvia ao se afastar. *Aquelas formas, aquela graça no andar...* Doeu-lhe a sensação de perda. Mas o que fazer? Segundo seu juízo, já tinha ido ao máximo com a última proposta. A contraproposta de Sílvia seria o desfecho natural, não fosse ela uma católica e ele um judeu.

Seguiu-se outro longo período de incerteza e sofrimento. Ela não desgrudava do seu pensamento, mesmo quando ele lia o livro de orações. Até para o trabalho tornou-se inapto. Por várias vezes, junto aos clientes, enganou-se na contagem das peças. Não fosse Moishele, que sempre o acompanhava, teria amargado grande prejuízo. Quase não comia; emagreceu a ponto de parecer gravemente doente. Preocupado, Moishele quis saber o que Vicentina achava. Sua mãe foi discreta:

— Feitiço não é! Se fosse, era fácil tirar. Isso é paixão da *braba*, é muito perigoso na idade dele. Seu Mendel tá precisando de ajuda, fale com ele de homem pra homem.

Depois de muita insistência, Mendel contou a Moishele sua desdita, como tinha conhecido Sílvia, o romance antes mesmo de ter ficado viúvo e o pé em que estavam as coisas naquele momento. Ou se casava ou teria que esquecê-la de vez, o que já tentara, sem conseguir.

Moishele, já amadurecido, quis saber se Mendel tinha tentado conhecer outras mulheres, quem sabe assim a esqueceria. Mendel meneou a cabeça e respondeu:

— Não tenho feito outra coisa senão jantar na casa de viúvas que Fany Bushinsky arranja para eu escolher. Mas a cada jantar, nos quais, diga-se de passagem, eu quase não como, tudo piora: a comparação com Sílvia é inevitável, acabo voltando pior ainda. Cheguei à conclusão de que não posso viver sem ela, mas ela exige que nos casemos.

Moishele entendeu o tipo de "doença" que o afligia. Era realmente mal de amor, como dissera Vicentina. E deu sua opinião:

— Por que não se casa com essa mulher?

Um brilho nos olhos de Mendel denunciou que era isso o que ele queria ouvir. Previa a rejeição dentro da comunidade, mas o simples incentivo de Moishele o aproximava da mulher desejada; em sua mente, em lugar da espinhosa saudade, "salivou" ao imaginá-la desnuda.

Moishele aconselhou:

— Case no civil, sem envolvimento religioso.

Mendel o abraçou:

— Obrigado, meu filho!

Certo de ter a resposta esperada por Sílvia, Mendel voltou ao assédio telefônico:

— Sílvia, preciso muito falar com você.

— Mendel, assim você só piora as coisas, nosso caso não tem solução, por que ficarmos nos martirizando?

— Pensei muito, acho que você tem razão, podemos falar pessoalmente?

Sílvia notou algo diferente nas palavras de Mendel; e afinal de contas, ele é que tinha tomado a iniciativa de procurá-la depois de sua veemente recusa no dia do chá. Acenava agora com algo que ela não sabia bem o que era, mas precisava saber. Será que estava aceitando a ideia de casamento? Iria conferir. Caso contrário, continuaria firme em seus princípios.

Encontraram-se num banco de praça, e após um ou outro elogio — "Como você está bonita!" —, Mendel não perdeu tempo:

— Analisei tudo o que você me disse, não podemos continuar como dois colegiais, isso é ridículo, eu concordo. Somos duas pessoas livres que se gostam, foi muito difícil ficar longe de você esses dias todos; então, acho que devemos mesmo nos casar, se é que você me aceita como marido.

Emocionada, Sílvia o beijou.

— Claro que sim!

Durante longos minutos, abraçados, permaneceram em silêncio. Mas era hora de ser objetivo. Mendel, soberanamente, acrescentou:

— E por causa da nossa diferença religiosa, vamos casar apenas no civil.

Sílvia recuou bruscamente.

— Sem a bênção de Deus?

Desarmado na primeira tentativa, Mendel, sob forte tensão, mostrou sua última carta:

— Não nos faltará a bênção de Deus se você se converter à minha religião.

A simples menção ao abandono da fé católica para abraçar o judaísmo despertou em Sílvia uma ira vulcânica:

— Nunca! Nem que fosse pra salvar minha vida, os cristãos provaram isso na arena romana, quando foram devorados pelos leões — e aproveitou para alfinetá-lo: — Os judeus, sim, se converteram ao cristianismo pra não morrerem na fogueira da Inquisição!

E arrematou com um ultimato que, vivesse cento e dez anos, Mendel jamais esperaria ouvir:

— Foi muito bom você falar em conversão, porque só me caso se você... sim, se você se converter à minha religião, se aceitar Jesus Cristo como salvador.

Mendel entrou em pânico. Conhecia Sílvia muito bem, sabia que ela falava sério. Sentiu-se um traidor da Torá apenas por estar ali, intimamente ligado a alguém que exigia seu "suicídio" espiritual. Tomado por incontida repulsa, despediu-se secamente e foi embora a passos largos, como se fugisse de uma Lilith tentadora.

Em casa, trancou-se no quarto de orações, pôs o *talit* e rezou mais alto que de costume, como se pretendesse afastar o próprio demônio. Não pensava mais nela como a mulher amada, sentia vergonha de ter chegado a tal ponto. *Converter-me ao cristianismo! Que absurdo! Como deixar de rezar pelos meus mortos no ? Como viver numa casa sem o Shabat, sem o Pessach?*[43] Chorou copiosamente e pediu perdão.

O episódio cingiu-o mais ainda à sua fé. Em nenhum

_____

43 Páscoa judaica.

momento levou em conta que também ele propusera a apostasia de Sílvia, pedindo-lhe que se convertesse ao judaísmo. Uma
reação primária o levou a procurar Fany Bushinsky, a casamenteira. Agora era ele quem fazia questão de conhecer mulheres
judias casadoiras, para esquecer "aquela católica".

Fany Bushinsky agiu com presteza, apresentou a ele seu
catálogo matrimonial para que ele escolhesse uma noiva entre
as novas caras incluídas em seu variado elenco. Havia até duas
gêmeas recém-chegadas da Romênia, que Fany recomendava
com entusiasmo:

— As duas são muito bonitas, ainda não mostrei pra ninguém, acho bom o senhor se apressar; se não gostar de uma,
pode pegar a outra!

Mendel, entretanto, não gostou nem de uma nem da outra. Eram realmente bonitas, mas ruivas e sardentas como a fa-
lecida Faiga. Não queria passar o resto da vida com uma cópia.

A casamenteira não desistiu, seguiu levando Mendel a
dezenas de jantares e almoços dominicais. Houve muito interesse de quarentonas e cinquentonas solitárias. Mendel, porém,
não se decidiu por nenhuma, e, dessa vez, acabou engordando
quatro quilos. A duas ou três não faltava um mínimo de formo-
sura e consistente suporte financeiro, mas resultou inútil a cam-
panha de Fany Bushinsky, que esgotou sem sucesso seu catálogo
insistente. Viesse ela com mais um ou dois álbuns fotográficos e
nada resultaria. Havia um obstáculo intransponível: a comparação com a imagem de outra mulher, que tomava conta do corpo
e da mente do futuro noivo.

Mendel voltou a desejá-la ainda mais, a cada dia com
mais loucura, tornou-se novamente prisioneiro daquela paixão
infratora. E como acontece com todo obcecado, recrudesceu
nele a falta doentia da mulher perdida, acossou-o de novo uma
crise incontrolável de sensualidade carente, que, como qualquer
tipo de vício ou dependência, ressurgia com maior intensidade,
exigindo imediata satisfação.

Fora de si, agindo irracionalmente, passou a acompanhar os passos de Sílvia. Seguiu o bonde que ela pegava até o

ponto final, para certificar-se de que não havia surgido um concorrente. Escondido, postou-se perto de sua casa no horário da missa de domingo. Viu com alívio que ela ia apenas com os pais. Depois de todo tipo de checagem, sossegou, não havia outro homem na vida dela. Por isso não se precipitou.

Foi juntando coragem para dar o passo mais dramático de sua vida. Não ia se matar, suicidas judeus são desonrosamente sepultados nos fundos do cemitério, perto do muro. Iria se converter ao catolicismo, não para escapar de um castigo, mas somente para abrir as portas do Sésamo vaginal. A própria História registra a conversão ao catolicismo do protestante Henrique IV, condição para que assumisse o reino da França. Por que não ele? Respondeu a si mesmo com a famosa frase: "Paris vale bem uma missa!" Com Sílvia seriam muitas missas, e ela valia bem mais que Paris...

Mendel resistiu o quanto pôde. Sua sensação era de que não encontraria no "mercado" mulher como Sílvia, não ia continuar esperando inúteis arranjos de Fany Bushinsky. Pagaria o preço. Seria "excomungado" da sinagoga, caso a excomunhão constasse da Lei de Moisés. Sabe-se que um judeu circuncidado pode sair do judaísmo, mas o judaísmo nunca sairá dele.

Também é senso comum que a solidão e a volúpia podem remover um simples rótulo religioso. Mendel comunicou a Sílvia sua decisão. Ela sabia que era por amor, uma medida extrema que ela pessoalmente, no lugar dele, jamais adotaria. Mas não desejava que ele aceitasse Cristo da "boca pra fora", sob pressão. E foi clara:

— Estou feliz por saber que poderemos nos casar sob as bênçãos da Igreja, mas também sei que nossa união não irá longe se você se converter por simples formalidade, apenas para casar comigo.

Mendel se submeteu:

— Farei como você quiser, não há nada mais importante pra mim do que ficarmos juntos.

Sílvia sempre convivera com judeus. Trabalhando numa joalheria, tinha criado grande afinidade com o pessoal do ramo, a maioria de fé mosaica. Gostava dessa convivência. Por conta disso, sabia muito bem o que a Torá representava para eles. E impôs suas condições:

— Conheço e admiro sua religiosidade, mas todo cristão procura salvar os que ainda não encontraram Cristo verdadeiramente. Aceito sua proposta de casamento, mas somente quando tiver certeza de que você não vai continuar sendo um judeu às escondidas.

Com incontida ansiedade e em plena euforia, alheio à gravidade das palavras dela, que, aliás, mal escutava, Mendel aproveitou para um momento de descontração:

— Já disse que não vou me converter para escapar de uma fogueira, mas para entrar noutra...

Sílvia sorriu, e ironizou:

— Então, casar comigo é uma fogueira? — seguiu-se um apertado abraço e muitos beijos. E foi como se tivessem ficado noivos.

Mendel tinha perfeita consciência do passo que ia dar e de suas consequências: seria conhecido como "Mendel *goy*", sofreria uma indisfarçada rejeição da comunidade em geral e seria desprezado entre os ortodoxos. Mas sabia que sem ela não poderia viver. Se tornaria um católico, mas como os artistas judeus que interpretam papéis de padre, viveria também ele como um personagem. Rezaria o Pai-Nosso, confessaria, comungaria, faria o sinal da cruz, se ajoelharia quando tivesse que se ajoelhar, diria ter aceitado Jesus. Ninguém perceberia que, mesmo longe da sinagoga, mesmo dentro de um templo cristão, em seu âmago continuaria sendo o judeu que sempre foi.

Quando os fiéis da igreja orassem, seus lábios, inaudíveis, rezariam o *Shemá*: "Ouve, ó Israel! Em casa, sempre encontraria momentos sem vigilância para orar.

Comunicou a Moishele e Vicentina que ia se casar. Os dois se alegraram e o felicitaram, pois já era hora de refazer sua vida. Mas quando disse que ia se converter ao catolicismo por exigência da noiva, Moishele ficou perplexo, decepcionado. Tinha orgulho do pai judeu. Apesar de não ter religião própria, e ser agora um agnóstico, o tempo e a criação haviam feito dele um judeu por simbiose, criara raízes psicológicas e filosóficas na tradição judaica. A Mendel, porém, manifestou solidariedade e apoio.

Mendel agradeceu, mal escondendo seu constrangimento. E pediu, como se profetizasse:

— Moishele, não me abandone; quase todos se afastarão de mim, mas sei que você estará sempre ao meu lado, aconteça o que acontecer — os dois choraram emocionados.

Já Vicentina, conhecedora da vida e da natureza humana, sentiu que era hora de deixar aquela casa e suas roseiras amigas. Quebrou a seriedade do momento desejando felicidades a Mendel, e disse, alegre e agradecida, que, por coincidência, iria se aposentar; quando chegasse a nova dona, já estaria morando na casa que o patrão tinha lhe dado.

Depois, a sós, Moishele quis saber da mãe o que achava da decisão de Mendel.

— Sei que ele arranjou uma boa mulher, mas não terão filhos pra aparar o choque que ele vai ter indo noutra direção espiritual; a fé que ele herdou dos pais e dos antepassados não vai sair do coração dele... — o tempo provaria que, mais uma vez, Vicentina tinha razão.

Movido por um exacerbado descontrole emocional, Mendel procurou precipitar o casamento. Sua crença religiosa, nesse estágio, era algo de somenos importância, algo que subjazia em algum estrato no fundo de sua consciência. A ansiedade fez com que evitasse regatear diante das condições "impostas" por sua noiva, legítima defensora de sua fé — uma espécie de pacto apostólico romano, submissão absoluta aos dogmas e liturgias da Igreja. Viveriam numa casa cristã, sendo abolidos os símbolos e costumes hebraicos. Ela, Sílvia, seria a guardiã do cumprimento dos deveres de um católico e, à cabeceira da cama, teriam apenas o Novo Testamento.

Um extemporâneo entusiasmo juvenil o fez concordar com tudo, e ela foi implacável: pediu provas da sinceridade de sua renúncia ao credo israelita. Não poderia mais usar a *kipá*, não iria mais à sinagoga, não guardaria o *Shabat,* não seguiria a dieta *kosher...* E, para completar, levaria uma cruz no peito.

Mendel até reforçou sua "apostasia", surpreendendo Sílvia ao recitar as Bem- Aventuranças, que já conhecia e admirava desde que Moishele lhe mostrara a bela parábola de Jesus aprendida na aula de religião. Contudo, apesar da patológica animação, custou a se refazer quando Sílvia determinou:

— Comece tirando a *mezuzá* da porta de sua casa!

Mendel obedeceu. Tremeram-lhe as mãos, mas a despregou. Era um duro teste. Essa primeira grande deserção prática das leis de Moisés o deixou mortificado, e Sílvia fez questão de presenciar o penoso ato. Sabia da força simbólica daquele pequeno objeto, que continha em seu bojo uma oração ritual. A cada vacilo seu, o belo rosto da mulher junto dele o empurrava para diante, até que extraiu com alicate o último suporte do amuleto. Submisso, entregou-o a Sílvia, como se entregasse a Salomé a cabeça de São João Batista.

Esperaram mais dois meses. No mês de maio, Sílvia o levou ao padre Félix para ser batizado, e algumas semanas depois o pároco os casou. Foram morar na casa do Grajaú. Sílvia cuidou para que não restasse nela qualquer vestígio da antiga fé, foi banida a *menorah* e qualquer objeto que trouxesse estampada a estrela de seis pontas; mas conservou o samovar decorativo que Faiga trouxera de sua terra.

Coerente com seu credo, a recém-casada pediu ao padre que benzesse aquele lar. Mendel, anestesiado, aspirou o incenso espalhado pelo turíbulo e foi tocado por muitas gotas da água benta. Na principal parede da sala, frente à mesa de jantar, em lugar de uma gravura de Chagall um grande quadro do Coração de Jesus passou a dominar o ambiente.

Logo partiram para a Europa em lua de mel. No Vaticano, assistiram a uma missa do Papa Pio XII. Mendel quis ver o "Moisés", de Michelangelo, mas Sílvia, mais radical do que a própria Igreja, não permitiu. Do mesmo modo, em Florença, riscou do roteiro a escultura de Davi. Completaram a viagem indo a Lourdes, na França, e ao santuário de Fátima em Portugal.

Na rotina de casa, Mendel submeteu-se também à conversão gastronômica. Foi revogado o *kashrut*, sendo a *chalá*, o *guefilte fish* e o *beiguele* riscados do cardápio. À mesa, foram entronizados o bacalhau, o caldo verde, o cozido e a barriga de freira. Quando servia carne de porco, Sílvia vigiava para garantir que ele comesse.

O crucifixo sobre o espaldar da cama do casal não lhe causou comoção. Estava acostumado: durante sua carreira de ourives sempre tivera nas mãos cruzes douradas e prateadas. Além disso, casuístico, argumentava consigo: *Cristo foi judeu como eu, sequer assistiu à fundação do cristianismo*. E cochichava ao Crucificado: *Yeoshua, teu lugar não é aqui...*

Com resiliente equilíbrio, Mendel ia administrando uma feliz e tranquila vida a dois. A religião assumida para uso externo dava conta das expectativas da mulher, e não atravessava o escudo talmúdico em seu coração. Descontado o entrave místico, havia amor entre eles. Sílvia era excelente dona de casa e cuidava muito bem do marido. Embora não precisasse, continuava trabalhando na joalheria de Abraham. Mendel não vendera a sua alma, mantinha uma secreta fortaleza contra a "Inquisição doméstica", um bálsamo que diariamente aliviava sua dor por ter abandonado a sinagoga com melancólico proselitismo.

Numa velha escrivaninha, uma sacola de seda branca, estampada em azul com a estrela de Davi, guardava sua *kipá*, seu livro de orações e o *talit* dado por seu pai ao se despedir do filho que partia. Todos os dias, quando a mulher não estava, Mendel se trancava no que fora antes seu quarto de orações, cobria-se religiosamente, punha o solidéu e dizia o *Shemá*. Mostrava a Adonai que continuava o mesmo circuncidado, não adorava bezerros de ouro, sabia que Ele era um só. Não tinha rompido a Aliança, era um espectro, não ele, que rezava rezas impuras.

Seus fugazes contatos com Adonai dependiam de uma única chave, sempre bem guardada em sua carteira no bolso esquerdo do paletó. Um dia, porém, caiu sua frágil muralha, foi ao chão sua secreta "sinagoga", não por algum evento tirânico ou sanha do inimigo, nada disso. Houve um incidente banal, muito comum em pessoas no entardecer da vida, que teve efeito avassalador: ao trancar a gaveta, Mendel distraidamente esqueceu a chave na fechadura.

A tal chave era uma novidade na paisagem do quarto. Uma gaveta que teima em permanecer fechada conduz à indiferença, é gaveta que não se usa... e pronto! Era como se não existisse. Mas se, de repente, aparecesse uma chave espetada na fechadura, não havia curiosidade humana que resistisse. Era tão simples...

Bastou um giro para a esquerda e desmoronou-se o "pequeno templo" de Mendel, cedo de manhã, enquanto ele ainda dormia... Foi assim que saindo para o trabalho, passando de relance por aquele quarto, Sílvia desvendou seu segredo. O achado denunciador revelou-lhe que Mendel, na verdade, nada mais era que um "cristão-novo", católico só de fachada. Em suas mãos estavam as provas da heresia: a *kipá*, o *talit*, o *sidur*[44] e os *filactérios*. O judaísmo continuava a fazer parte da vida dele. Fora batizado, mas apenas fingira aceitar Jesus. Há quatro séculos, arderia na fogueira.

Imediatamente Sílvia deu andamento à ação punitiva. Na ponta dos dedos pegou a sacola e deu para a empregada, ordenando-lhe que a queimasse com tudo que tinha dentro, e saiu apressada para o trabalho. Quando voltasse, daria um ultimato a Mendel. Não queria correr o risco de ter um marido convertido e excomungado.

Como fazia "clandestinamente" todas as manhãs, depois de se banhar e se vestir, Mendel cuidou de fazer sua primeira oração diária. Procurou a chave na carteira e não encontrou. Assustado, correu para o quarto de orações, e lá estava ela enfiada na fechadura. Sentiu o alívio de quem encontra algo muito importante que dava como perdido. Fustigou-se por ser tão descuidado e teve um mau pressentimento.

Primeiro, certificou-se de que a gaveta estava fechada. Em seguida, muito nervoso, sentindo célere a velha taquicardia,

---

44 Livro de orações.

girou a chave lentamente. Ao puxar a gaveta sofreu um abalo: estava vazia. A sacola, com todo o seu precioso conteúdo, havia desaparecido. Não foi difícil imaginar o que tinha acontecido: ao abrir aquela gaveta esquecida, fechada por tanto tempo, sua mulher, movida por natural curiosidade, viu a intrusa bolsa de tecido branco e a pegou.

Nervoso, Mendel correu pela casa revirando inutilmente todas as gavetas e armários. Ofegante, chegou à cozinha. Dona Lurdes, a empregada que substituíra Vicentina, foi solícita:

— O senhor está querendo alguma coisa?

— A senhora viu uma sacola branca?

— Com uma estrela azul?

— Essa mesmo.

— Vi sim! Dona Sílvia me deu ela de manhã pra pôr fogo e botar no lixo.

O coração de Mendel disparou, agora ameaçadoramente.

— E cadê ela?

Dona Lurdes apontou para o quintal:

— Tá lá, queimando!

Mendel correu até o canto do muro onde fumegavam sua *kipá* e os outros objetos sagrados. Possesso, num choro animalesco, ajoelhou-se diante daquele minúsculo "pogrom" e bradou aos céus pedindo perdão — "mil vezes perdão!" —, enquanto queimava as mãos recolhendo os sagrados restos cobertos de cinza. Literalmente enlouquecido, apertou-os protetor contra o peito e atravessou correndo o longo corredor que ia até a sala, tendo o piedoso olhar do doce rabi a segui-lo vindo da parede.

Ganhou a rua. Sem rumo, olhar perdido, caminhou sem destino. E desapareceu no tempo...

Em desespero, Moishele e Sílvia o procuraram por toda parte. Foi inútil. Ela, sabendo por Dona Lurdes o que tinha acontecido, a terrível transfiguração de Mendel diante dos objetos calcinados de sua fé que ela mesma tinha mandado queimar, imaginou até que ele tivesse chegado ao extremo gesto, mas não apareceu corpo que o confirmasse. Moishele, porém, sabia que Mendel nunca o faria, conhecia seu judaísmo.

16. HAOLAM ABÁ[45]

Nunca iriam desistir de procurá-lo. Moishele, agora um homem de posses, mobilizou todo tipo de autoridade pública e contratou detetives particulares, sem resultado. Rolaram os dias, meses, anos... Mendel tornou-se, pouco a pouco, uma simples e saudosa lembrança de alguém que, se vivo estivesse, era como se estivesse morto. Restaram apenas esporádicas indagações: "Será que ele morreu? Por onde andará?"

Saberiam dele muito tempo depois, assim que Mendel concluiu sua passagem pela Terra. Passados dez anos do desaparecimento, Moishele recebeu um telefonema, de um albergue de idosos no interior. Comunicava que um senhor Mendel acabara de falecer e tinha deixado a um grupo maçônico a incumbência de avisá-lo com a máxima urgência.

Moishele agiu com rapidez. Tinha pressa, sabia qual era a intenção de Mendel com aquele aviso. Ligou logo para a organização religiosa do cemitério israelita, nem se deu ao trabalho de ligar para o irmão Yacov, que dissera uma vez: "Não tenho irmão *goy!*" Só depois avisou à esposa. Alegando seu direito, Sílvia queria sepultá-lo em cemitério cristão, pois cristão ele era por batismo.

Mas ela ignorava que Moishele tinha em mãos um do-

---

45 Do hebraico: "o próximo mundo", mundo dos mortos.

cumento registrado em cartório pouco antes do casamento, no qual Mendel declarava a vontade de ser sepultado conforme a lei judaica. Sílvia desistiu, mas sentiu-se traída. Fora tudo uma encenação, o marido jamais mudara de credo, jamais aceitara Cristo como salvador, sempre ocultara no coração a estrela de seis pontas.

Quanto a Mendel, finalmente tinha vencido a última de todas as batalhas que travara para manter-se fiel à sua Torá. Andara junto aos ídolos de barro, mas nunca os adorou.

Apenas Vicentina e o filho foram ao cemitério. Um religioso da Congregação disse as preces mecanicamente, sem expressar qualquer emoção. Contrariando o costume judaico de não levar flores, Vicentina ocultava em sua mão uma rosa branca, que lentamente foi despetalando sobre a terra da cova. Moishele sussurrou algo do "Filho Pródigo": "Estava morto e reviveu, tinha se perdido e foi achado".

Alguém se ofereceu profissionalmente para dizer as orações póstumas na sinagoga. Moishele recusou. Mendel sempre lamentara a falta de um filho para rezar seu *Kadish*, sabendo que, chegada a hora, amigos da sinagoga indicariam algum estranho para fazê-lo, simbolicamente, por alguns poucos dias.

A morte de Mendel encontrou Moishele às vésperas de se casar. Isso a que chamam "ironia do destino" fez com que ele se apaixonasse por uma moça também católica, ultra religiosa. Os preparativos estavam adiantados, tanto os da festa como os da igreja, e o agnóstico Moishele, indiferente a qualquer religião formal, não se opôs ao exigido batismo cristão. Compreendia que atravessar a nave vestida de branco, conduzida pelo pai ao som da marcha nupcial, era mais que um simples capricho da noiva, era uma razão de ser, um sonho inarredável.

No dia do sepultamento, Moishele sonhou com Mendel. "Viu" até o primeiro encontro dos dois num dia chuvoso, ele ainda um bebê, no portão da casa do Grajaú, história contada mil vezes pela mãe. E o sonho lhe trouxe também o choro e o abraço apertado no dia de sua formatura, um milagre de Mendel. No dia seguinte, Vicentina pediu-lhe que a levasse à casa do Grajaú. Foi ver as roseiras, que ainda estavam lá, tão floridas quanto naquele dia molhado em que um homem alto, com um gorrinho no cocuruto e guarda-chuva aberto na mão, abriu gentilmente o portão para ela e o filho que trazia no colo.

Tinha recebido tanto, e tão pouco dera em troca, pensava Moishele, sem dar-se conta de ter sido na verdade um filho muito querido, que preenchera um imensurável vazio no coração de um bom homem, angustiado por não ter tido o herdeiro que, um dia, quando se fosse, rezaria por sua alma a oração dos enlutados, conforme preceito judaico.

Piedade póstuma, culpa, obrigação moral, diriam leigos ou psicólogos. Explicar, quem há de? O que sucedeu foi além da corriqueira lógica humana: o agnóstico Moishele foi à casa dos pais de sua noiva e disse a ela que se casaria, sim, mas não na Igreja, que não queria se converter por um ato insincero, não aceitava o batismo cristão. Casariam só no civil. Colheu uma tempestade de xingamentos. Não faltaram pedras de um cunho racista até então inteiramente camuflado. A noiva, como não raro acontece, jogou-lhe na cara a aliança que ele mesmo confeccionara com amor, engenho e arte. Tal golpe quase o fez voltar atrás. Mesmo ferido, porém, não retrocedeu.

Resta o surpreendente epílogo da história desse descendente de africanos livres, tornados à força escravos na terra do Brasil, uma história de vários séculos que começara no cais do Rio de Janeiro, no dia em que aqui desembarcou sob ferros uma das levas de cativos vindos da Guiné. Traziam no peito a dor do exílio e na alma os orixás da África Negra.

Moishele cedeu em sua convicção materialista. Não a uma necessidade metafísica, mas ao apelo de um verdadeiro sentimento filial. Procurou o rabino Meyer para se converter. Foi circuncidado. E durante onze meses, diariamente, foi à sinagoga rezar o *Kadish* pela alma de um justo, seu pai, Mendel Rosenstrauch.

Pequeno glossário iídiche

A

Aliá: do hebraico, "subida", referência ao retorno à Terra Prometida

Asquenazi: judeus provenientes da Europa Central

B

Bar-mitzvá: cerimônia de maioridade judaica masculina, aos treze anos de idade

Beiguele: salgado folhado frito, com recheio de queijo ou batata, cozinha tradicional judaica

Beit Midrash: casa de estudos da Torá e do Talmud

Bris: circuncisão ritual

Broit: pão

C

Chalá: pão trançado tradicional

Cheder: "quarto". Por extensão de sentido, escola judaica na própria casa de um melamed

D

Drek: merda

G

Goy (pl. goyim): estrangeiro, não judeu

Guefilte fish: bolinho de peixe moído
Guesheft: negócio

H

Haolam abá: "o próximo mundo", mundo dos mortos
Hering: arenque defumado

I

Iídiche: corruptela do alemão falado por judeus da Europa entre
os séculos X e XX
Ishuv: comunidade judaica

K

Kadish: oraçao para os mortos
Kashrut: conjunto de regras da culinária kosher
Kipá: solidéu religioso judaico
Klezmer: gênero de música não-litúrgica judaica, desenvolvido
a partir do século XV pelos asquenazis
Kosher: alimentos preparados de acordo com a dieta ritual ju-
daica; por extensão, qualquer ação considerada aprorpia-
da, digna

M

Matzeiva: lápide
Mazal Tov: do hebraico "Boa sorte!", usado como "parabéns"
Melamed: professor
Meshugge: doido, maluco (outra forma)
Mezuzá: amuleto pregado no umbral da porta
Michiguene: doido
Minian: quorum religioso de dez homens judeus, número míni-
mo para se fazer orações
Mishiguene in cop: mishiguene cop: doida da cabeça

P

Pessach: Páscoa judaica

Pogrom: termo de origem russa significando massacre violento de judeus na Europa e Rússiia no século XIX e início do século XX

S

Schmaltz: espécie de gordura culinária tirada da galinha
Schwarze: preto, pessoa de pele negra
Sheine Meidele: linda moça
Shemá: "Ouve, ó Israel", oração básica do judaísmo
Shiksa: mulher não judia. Pejorativo, pode significar também "empregada"
Shofar: chifre de carneiro usado para soar o "perdão divino" ao final dos grandes dias santos, Rosh Hashaná (Ano Novo) e (Dia do Perdão)
Sidur: livro de orações

T

Talit: xale ritual de orações usado pelos judeus
Tefilin: filactério, objeto ritual que se enrola na testa e em torno do braço como auxiliar na oração matinal judaica

V

Varenike: espécie de raviolis recheados de batata, cozinha tradicional judaica

W

Wasser: água

Y

Yó: sim

www.ingramcontent.com/pod-product-compliance
Lightning Source LLC
Chambersburg PA
CBHW060939180626
46817CB00004B/1632